AS VIRA-LATAS

ARELIS URIBE
AS VIRA-LATAS

Tradução Silvia Massimini Felix

BAZAR DO TEMPO

© Arelis Uribe 2016, 2017, 2019, 2020
© desta edição, Bazar do Tempo, 2024
Publicado mediante acordo com VicLit Agency.

TÍTULO ORIGINAL *Quiltras*

Todos os direitos reservados e protegidos pela Lei n. 9610, de 12.2.1998.

Proibida a reprodução total ou parcial sem a anuência da editora.
Este livro foi revisado segundo o Acordo Ortográfico
da Língua Portuguesa de 1990, em vigor no Brasil desde 2009.

EDIÇÃO Ana Cecilia Impellizieri Martins

COORDENAÇÃO EDITORIAL Joice Nunes

ASSISTENTE EDITORIAL Olivia Lober

TRADUÇÃO Silvia Massimini Felix

REVISÃO DE TRADUÇÃO Larissa Bontempi

COPIDESQUE Joelma Santos

REVISÃO Bruna Del Valle

CAPA, PROJETO GRÁFICO E DIAGRAMAÇÃO Fernanda Ficher

ILUSTRAÇÕES Rafaela Pascotto

ACOMPANHAMENTO GRÁFICO Marina Ambrasas

TEXTO DE ORELHAS Alexandra Lucas Coelho. Adaptação do programa Volta ao Mundo em Cem Livros, exibido no canal RTP.

CIP-BRASIL. CATALOGAÇÃO NA PUBLICAÇÃO
SINDICATO NACIONAL DOS EDITORES DE LIVROS, RJ

U72v

    Uribe, Arelis
        As vira-latas / Arelis Uribe ; tradução Silvia Massimini Felix. - 1. ed. - Rio de Janeiro : Bazar do Tempo, 2024.
        96 p. ; 21 cm.

    Tradução de: Quiltras
    ISBN 978-65-85984-00-3

    1. Contos chilenos. I. Felix, Silvia Massimini. II. Título.

24-91446   CDD: 868.9933
                                    CDU: 82-34(83)

Gabriela Faray Ferreira Lopes - Bibliotecária - CRB-7/6643

22/04/2024   26/04/2024

BAZAR DO TEMPO
Produções e Empreendimentos Culturais Ltda.

Rua General Dionísio, 53, Humaitá
Cep: 22271-050 — Rio de Janeiro, RJ
contato@bazardotempo.com.br
www.bazardotempo.com.br

*"Yo no hablo inglés.
Vivo en un barrio que no es burgués."*

Supernova, "Mi amor no se compra"

CIDADE DESCONHECIDA	15
BESTAS	26
ITÁLIA	31
ROCKERITO83@YAHOO.ES	40
BEM-VINDA A SAN BERNARDO	52
A CANTINA	57
29 DE FEVEREIRO	65
AS VIRA-LATAS	82

APRESENTAÇÃO
SOLTA ELA, CACHORRO DE MERDA, ALEMÃO DE MERDA, NAZISTA DE MERDA

Como é que não vou gostar? Se dos escritores chilenos só gosto dos vira-latas, dos sem raça, desses cães sem nenhuma classe, descarados, sem poder, sem pedigree, que não sabem de onde vêm nem para onde vão. A única coisa que sabemos é que eles descendem de criaturas selvagens e errantes: Violeta, Bolaño antes de ser Bolaño, Lemebel. E Arelis. Ela é como uma aparição marciana no meio da burguesia literária chilena, tão enxerida, convencida, esnobe, metida, tão branca, teimosa e nerudiana, tão donosiana, ou seja, tão cretina. Ela, por outro lado, chegou embrulhada na pelagem das nossas: "toda mulher tem alguma lembrança nojenta", Arelis escreveu uma vez, e é exatamente assim.

Com um ouvido prodigioso para narrar, para captar os ritmos nativos, naturais, e as tensões sutis do que nos rodeia, pela primeira vez ela faz escrever quem nunca tinha escrito; na verdade, quem nem mesmo tinha falado. A voz não é algo que alguém te dá ou te devolve, a voz um dia brota e grita, e, por fim, o resto escuta. Então é entoada, se eleva, se projeta, atinge e contagia as demais, como as daquele punhado de garotas que falam em *As vira-latas*, só mulheres da classe baixa e baixíssima, quando a internet era lenta, os ônibus eram tão velhos quanto os televisores e nas ruas se bebia rum com laranja em copos de plástico.

A experiência de crescer para elas será se olhar profundamente pela primeira vez e retorcer o silêncio até que dele saia um barulho, emancipar-se daquela coisa sem nome que, logo saberão, as atravessa como mulheres, como pessoas, e que já é memória coletiva. Aprenderão, então, "por que vivíamos de formas tão diferentes, se éramos da mesma família", como diz uma das primas do primeiro conto, "Cidade desconhecida".

As garotas de *As vira-latas* terão de suportar serem espremidas em periferias, passarão pelos ressentimentos sociais e pelas diferenças geracionais, pelas referências pop femininas dos anos 1990 e pelo imaginismo urbano marginal. Mas sua verdadeira rebelião terá sido pôr em marcha essa língua de besta, essa cadência quebrada e irrecuperável da gíria cotidiana do bairro empobrecido, que nomeia e renomeia, a partir de uma falsa nostalgia, para deixar bem clara a lacuna de nossos desencontros. É o tipo de coisa que só se aprende nas margens: saber cortar palavras quando elas se tornam inúteis. Ou o que Arelis faz com a realidade, deixar que esta a acompanhe como uma cadela no caminho de volta para casa até o ponto de ônibus 20, como se fossem duas amigas da classe trabalhadora.

Antes de este livro chegar à Espanha, milhares de jovens dos bairros proletários do Chile se sentiram identificadas com essa subjetividade emergente, com as histórias de subúrbio de meninas mestiças, precárias, urbanas, indígenas, bissexuais, das quais Arelis é a cronista extraoficial. Ali se viram pela primeira vez, enfim estavam demonstrados seus desejos e tormentos, tudo o que não era captado pela literatura intramuros do masculino universal — ancorado entre Las Condes e Providencia — nem pela literatura do realismo sujo urbano dos garotos malditos, onde elas eram as namoradas, as cadelinhas, as jovenzinhas, as musas magras e perversas de seus delírios bukowskianos.

É engraçado como *As vira-latas* cobre uma época em que as meninas não são nada politizadas, e ainda assim sabemos perfeitamente, ao acompanhá-las em suas aventuras, que elas serão as próximas feministas, que estão prestes a romper, explodir, acordar: a garota que manda pelos ares o amor idealizado porque seu namorado lhe envia fotos do pênis enquanto promete a ela e a seus filhos um futuro; a jovem assistente social recém-formada que visita uma escola pública pela primeira vez e encontra em suas instalações mambembes a representação fidedigna da educação em seu país; as primas que se acariciam os peitos, mas são separadas pelos conflitos e abismos sociais dentro de suas próprias famílias; a jovem que volta de uma festa e entende que, se ama a noite, deve evitar os mesmos perigos que qualquer cadela vira-lata enfrenta, ficando o mais longe possível do pastor-alemão.

É estranho que, agora que eu quero falar de Arelis, das mestiças, de todos os sangues, de nossos corpos mesclados e de identidades cruzadas, a palavra "pureza" de repente venha à minha mente. Falar de sua simplicidade expressiva, da intimidade limpa de suas descrições para a compreensão dos mundos. A escritora não procura os símbolos nem as ideias, vai atrás das próprias coisas, que são o que são; a realidade objetiva e ruinosa desperta a vida da imaginação. Já sabem o que se diz sobre a inteligência dos cachorros vira-latas, dessa estranha facilidade para entrar em nós, tão pura, simplesmente sem pretender. O impuro em Arelis é o puro. A história do medo, do invisível, das que não contavam e agora contam fazem deste livro o retrato mais vívido de nossa intensidade e desmesura, e planta, sem querer, a semente para a próxima revolução.

GABRIELA WIENER
Escritora peruana, autora de
Exploração (2023), entre outros livros.

AS VIRA-LATAS

Cidade desconhecida

Quando eu era pequena, trocava beijos com minha prima. Brincávamos de barbie, de comidinha de terra ou de bater as palmas das mãos. Eu ficava na casa dela a cada dois fins de semana. Dormíamos na mesma cama. Às vezes, tirávamos a camiseta do pijama e brincávamos de juntar os mamilos, que na época eram apenas duas manchas rosadas num peito achatado. Minha prima e eu andávamos juntas desde sempre. Nossas mães engravidaram com dois meses de diferença. Elas nos deram o peito juntas, tiraram nossas fraldas juntas, pegamos catapora juntas. Era quase óbvio que, quando crescêssemos, compartilharíamos uma casa e brincaríamos de comidinha e de bonecas, mas na vida real. Pensei que seríamos ela e eu, sempre. Mas os adultos estragam as coisas.

Na família da minha mãe eram sete irmãos. Três homens e quatro mulheres. Os homens viviam como os irmãos que eram. Tinham estudado Engenharia na mesma universidade, torciam pelo mesmo time de futebol e se reuniam para conversar sobre vinhos e relógios. As quatro mulheres eram um caos. Uma delas foi trabalhar em Puerto Montt. Com sorte, a víamos no Natal. Outra foi embora atrás de um namorado e agora tinha muitos filhos e vivia na Austrália. Quase não existia. As duas que sobraram — minha mãe e a mãe da minha prima, a tia Nena — eram esposas de homens brutos. Meu pai era uma besta, e o pai da minha prima também. Daquelas pessoas que enchem a cara no Ano-Novo e fazem os outros chorarem. Nunca vi os sete irmãos reunidos. Às vezes nos encontrávamos em funerais ou quando os avós comemoravam uma boda de casamento. Uma vez fomos para o sítio de um dos tios e no quintal havia pavões. Na nossa casa mal havia espaço para a Pandora, uma enorme vira-lata que matava os gatos dos vizinhos. Nunca entendi por que vivíamos de formas tão diferentes, se éramos da mesma família.

Minha mãe e minha tia Nena se pareciam, por isso eram amigas. As pessoas tendem a se alinhar com as da sua espécie, numa segregação voluntária, como a reciclagem ou as doações de sangue. Até que um dia, não me lembro por quê, elas brigaram. Talvez tenha sido porque minha mãe lhe pediu dinheiro e não pagou. Talvez porque minha tia veio almoçar e disse algo ruim sobre a comida. Não sei, mas elas brigaram e aconteceu o que acontecia numa família como a minha: em vez de resolver os problemas, elas pararam de se falar. Suponho que tenha sido uma trégua, um ato de fé. Elas esperavam que o silêncio fizesse desaparecer as tristezas, que, ao deixar de nomeá-las, elas também deixariam de existir.

Por causa disso, minha prima e eu acabamos nos distanciando. A última coisa importante que conseguimos compartilhar foi que começamos a menstruar quase ao mesmo tempo. Não sei de onde ela havia tirado um livro que explicava tudo. Tinha desenhos de um homem e uma mulher pelados. Nós duas o lemos. Foi a primeira vez que nos tocamos assim. Conferimos se tínhamos pelos. Estávamos sozinhas na casa dela. Naquela tarde, minha mãe veio me buscar. Gritou para a minha tia Nena algo que eu não entendi e nunca mais fomos visitá-las.

No começo, eu continuava indo aos aniversários dela. Ia sozinha de ônibus porque minha mãe não queria nem passar perto da casa da tia Nena. Também ligava para ela ou enviávamos cartas uma à outra pelo correio. O distanciamento foi lento. Coisas importantes aconteceram comigo e eu não contei a ela. Comecei a namorar um carinha, me engracei com o amigo dele, continuei repetindo de ano, meu irmãozinho foi hospitalizado, cursei o último ano do ensino médio à noite. Talvez ela tenha ficado sabendo de qualquer maneira, porque nas famílias essas fofocaiadas circulam. Soube que ela ganhou um concurso literário, que seus pais se separaram, que ela quebrou uma perna e que abandonou os escoteiros porque um chefe a tocou. Também descobri quando ela entrou no curso de Jornalismo na Universidade do Chile. Ela era a prima mais velha, e a notícia se espalhou rapidamente. Meus tios estavam orgulhosos de que a menina da Nena tivesse entrado na universidade *deles*. Minha avó vociferava porque finalmente haveria uma verdadeira intelectual na família. Ela foi idealizada para ser uma repórter da Suprema Corte ou algo assim.

Saí do ensino médio e comecei a fazer cursinho. Trabalhava numa confeitaria para pagar a mensalidade. As pessoas me encorajavam, como se eu tivesse perdido um braço e com meu esforço pudesse recuperá-lo. Como se minha invalidez fosse algo muito indecente. Não contei a ninguém e paguei às professoras de matemática e línguas do meu ensino médio para que me dessem aulas de reforço. A única coisa que eu queria era entrar na Universidade do Chile, não importava em que curso. Queria mostrar às pessoas que eu conseguia. E consegui: entrei em Filosofia. Eu tinha vinte anos, era a mais velha. Era preciso ler muito. Não gostei, mas decidi não repetir as matérias e ir até o fim de qualquer maneira.

Eu sabia que estava estudando no mesmo *campus* que minha prima. Às vezes, eu queria me encontrar com ela. Outras, ficava apavorada só de pensar nisso. Numa sexta-feira, estávamos bebendo no gramado e eu a vi passar. Estava linda. Os cabelos pretos e lisos até a cintura, seu rosto moreno e jovem, uma roupa hippie que deixava sua barriga à mostra. Eu a chamei. Nós nos abraçamos com força. Nossos seios se juntaram como quando éramos meninas. Ela me convidou a me unir ao grupo dela e eu a segui. Fumamos maconha e contamos às pessoas as coisas bobas que fazíamos quando tínhamos dez anos. Da vez em que ensaiamos uma música do Michael Jackson para o aniversário do pai dela. Do ano em que traficamos figurinhas do álbum da Sailor Moon nas aulas de catecismo. Do verão em que criamos um clube ecológico que cortava árvores vivas para conservar seus galhos para as gerações futuras. Eu a via rir, seus dentes, seus olhos me procurando cúmplices, assim como quando você vai para a discoteca e olha para um cara que te olha de volta e você sabe e ele sabe que estamos olhando um para o outro e por que estamos nos olhando.

Depois daquela noite, foi como se nos perseguíssemos. Eu me encontrava muito com ela. Na biblioteca de Humanas, na lanchonete, nos jardins. Era sempre a mesma coisa, falávamos sobre quando éramos meninas e sobre alguns assuntos da universidade. Não falávamos das nossas mães, nem dos tios futeboleiros, nem de quão doente a vovó estava naquela época. Como se nossa família fosse apenas o que aconteceu até o dia que a tia Nena gritou com a minha mãe, numa quebra que marcava um antes e um depois tão irreversíveis quanto o nascimento de Cristo ou a invenção da escrita.

No segundo semestre, cursamos uma matéria juntas. Eram oito aulas e eu a vi na primeira. Ela estava sentada com um cara alto e loiro, que a abraçava. Sentei-me ao lado dela, porque não conhecia mais ninguém e para marcar território, como os cães. Como Pandora, que rosna para as pessoas que passam na calçada da minha casa. Era um curso sobre a América Latina. Toda semana vinha um especialista de um país diferente e fazia uma apresentação. O melhor era que, depois da última aula, íamos viajar para a Bolívia. A professora coordenadora queria que a experiência fosse prática. Confirmaríamos que os bolivianos eram pessoas reais, e não detalhes de um livro ou uma massa alienada que em 1800 se aliou ao Peru para fazer sucumbir o mais desagradável dos seus vizinhos.

Com a disciplina, concluí que, se a América do Sul fosse um bairro, o Chile seria o vizinho arrivista que compra um carro grande e um cachorro muito pequeno e usa bastante o talão de cheques e o cartão de crédito. Minha prima o comparava com o Chaves e dizia que o Chile era o Quico do Cone Sul. Eu não dizia nada, mas pensava na nossa família e sentia que meus tios eram o Chile, e a mãe dela e a minha eram os países perdedores, ou uma mistura de Dona Florinda e Seu Madruga: donas de casa miseráveis que nunca podiam pagar o aluguel.

Minha prima e eu conversamos sobre a viagem à Bolívia. Ela propôs que fôssemos uma semana antes e nos hospedássemos na casa de uma amiga que ela havia conhecido num encontro de poesia. Conseguimos dinheiro com os avós, a universidade nos deu uma espécie de auxílio e gastamos também todas as nossas economias. Minha prima conhecia o Peru, para mim era a primeira vez fora do Chile. Viajamos de ônibus e chegamos a La Paz de madrugada. Abri a cortina e olhei pela janela. O que mais me chamou atenção foi a publicidade. Havia cartazes vendendo celulares com nomes de empresas que eu nunca tinha visto. É óbvio que em cada país as empresas têm nomes diferentes — vê-se isso até em comerciais de tevê a cabo, o detergente Omo é chamado de Ala na Argentina —, mas me chocou constatá-lo. Fiquei surpresa ao me sentir como um corpo estranho, ao descobrir que meus códigos não eram mais válidos lá, embora compartilhássemos a mesma língua e o mesmo canto do continente.

Chegamos à casa da amiga boliviana. Localizava-se ao lado da embaixada dos Estados Unidos. Era um prédio antigo. O apartamento ficava no quarto andar e tinha piso de parquê, três dormitórios amplos e uma espécie de pátio interno. Havia uma estante enorme, cheia de livros com autores que eu não conhecia. Os móveis pareciam do século passado, como os vendidos no Persa Biobío*: herdados, finos, chamativos. A amiga nos mostrou qual seria o nosso quarto e jogamos os sacos de dormir no chão. Eu estava morta. Adormeci assim que descansei a cabeça no travesseiro improvisado, que fiz com um colete e um par de calças.

No dia seguinte, acordamos tarde, e Jessica — esse era o nome da amiga — já tinha ido para o trabalho. Saímos para conhecer o lugar. O bairro era muito verde e com casas enormes. Semelhante ao Ñuñoa, que rodeia o *campus* Juan Gómez Millas. Eu não imaginava que haveria lugares assim na Bolívia. Fomos em direção ao centro e começaram a aparecer as outras casas, as que teríamos habitado se tivéssemos nascido bolivianas. Pareciam favelas brasileiras: muitas caixas de tijolos nus, montadas uma em cima da outra, cobrindo a montanha. Pensei que em Valparaíso era a mesma coisa, mas que, com a pintura colorida, a miséria passava despercebida.

---

* Mercado localizado em Santiago e onde se vendem produtos usados, artesanais ou *vintage* (N.E.)

Fomos a um cibercafé. Cada uma ligou para a respectiva mãe. Não dissemos que estávamos juntas. Conferimos o e-mail, lemos um pouco o jornal. Então ela ligou para o vovô, avisou que estávamos bem e lembrou-o de não comentar nada. Meu avô — tão terno quando estava vivo — disse que sim, ele estava do nosso lado, que as filhas não precisavam se intrometer nos assuntos das netas.

Continuamos turistando e entramos no mercado. Comemos uma espécie de caçarola**. Custou-nos cerca de quinhentos pesos chilenos. Nem na faculdade havíamos comido tão barato. Caminhamos para fazer a digestão. Na rua, vimos meninos com rostos encapuzados engraxando sapatos. Vimos mulheres indígenas carregando os filhos nos ombros, como cangurus-fêmeas que evoluíram para carregar e proteger seus filhotes por mais tempo. Vimos pés descalços, policiais conversando relaxados e garotas de olhos rasgados, com as bochechas mais vermelhas e bronzeadas desse território impossível.

Naquela noite, Jessica nos fez chá de coca e nos sentamos no terraço para fumar. Fiquei sabendo que ela trabalhava como professora de língua espanhola numa escola particular que aplicava o método Montessori. Fiquei sabendo o que era o método Montessori. Fiquei sabendo que Jessica era uma das Jessicas que têm sobrenomes em inglês. Fiquei sabendo que na sua família havia um tio senador e uma prima que havia sido Miss Bolívia.

Jessica nos convidou para ir à casa do seu namorado. Chegamos a uma espécie de festa cheia de brancos num

---

**No original, *cazuela*, sopa ou guisado tradicional chileno. (N.E.)

apartamento tão grande quanto o de Jessica. As pessoas estudavam ou haviam estudado na Universidade Católica da Bolívia. Havia vinho e pedaços de abóbora crua, que eram mergulhados num creme azedo. Experimentei a cerveja Paceña e uma fruta doce recheada com queijo. Coisas que eu não comia nem na casa dos meus tios. Um cara ouviu que éramos chilenas e disse: "vocês têm que ouvir essa história." Ele disse: "isso aconteceu com dois amigos chilenos num clube de prostitutas, daqueles do centro de Santiago, com os vidros pintados de preto. Eles pediram duas bebidas baratas. Um olhava para os seios e o outro, para as bundas. Chegou o *happy hour* — ele fez as aspas com as mãos — "e esse cara chileno fã das tetas enormes afundou o nariz no decote da garota. Quando ele levantou a cabeça, sua boca estava cheia de biscoitos moídos."

Rimos. Era uma anedota porca, e histórias que provocam vômito são sempre engraçadas.

As pessoas se entusiasmaram e começaram a contar várias histórias indecentes. Eu não sabia nenhuma, mas minha prima, sim, e a contou. Ela disse: "uma vez, com os escoteiros, fomos a Machu Picchu. Nessa viagem, várias coisas sujas aconteceram" — cortou a frase com um longo e preocupado suspiro, depois continuou —, "vou contar o que aconteceu num ônibus. De Cuzco para as ruínas, você tem que subir pelas montanhas. A estrada é de terra, cheia de curvas fechadas, beirando um precipício. Pagamos pelo transporte mais barato, umas vans com os assentos puídos, que cheiravam mal. O serviço passava para nos pegar às seis e meia da manhã no camping. Na noite anterior, os chefes tinham saído para comer e, embora fosse proibido, para beber. A pessoa encarregada da minha unidade era o chefe Carlos, muito gordo e muito amante de pisco para ser um escoteiro.

Entramos na van e, como era muito cedo, adormeci na hora. Para que meus pés não inchassem, tirei os tênis, deixei-os no chão, ao lado da mochila com o almoço, e me enrodilhei no assento. Sonhei com a respiração raivosa de um puma que me perseguia em Huayna Picchu e cujos gritos eram tão altos que acordei. Senti um cheiro azedo e decomposto. Sob meus pés corria um líquido laranja, que havia atingido os meus tênis e a mochila. Peguei meus sapatos, os cadarços gotejavam. Olhei para trás e descobri que os rugidos eram reais. Não vinham de um puma, mas do chefe Carlos. Tinha bebido tanto na noite anterior que, quando a van começou a ziguezaguear pelas colinas, seu corpo devolveu tudo. Foi nojento, o chefe Carlos era nojento."

    Quando minha prima terminou sua história, as risadas do público, mais do que alegres, eram desconfortáveis, sofridas. O rosto da minha prima também embotou. Isso me fez querer abraçá-la, ter estado com ela naquela viagem. Olhei para o seu pescoço e quis cheirá-lo. Tocar seu abdômen com a ponta do meu nariz. Olhei para ela com olhos de galã de discoteca e ela piscou para mim. Eu queria que aquela casa em que se supunha que iríamos morar existisse. Que naquela noite voltássemos a dormir com nossos corpos grudados. Que ela me contasse seus segredos com a respiração colada ao meu rosto.

    Àquela hora da noite, Jessica já estava bêbada. Perguntou: "vocês querem ouvir algo realmente imundo?" Nem esperou que respondêssemos (eu queria dizer que não) e começou a contar. Seu avô tinha sido um importante militar boliviano, condecorado com medalhas e com o nome inscrito nos livros de história. Seu maior orgulho, disse Jessica, é que fora ele quem ordenara a morte do Che. Não me lembro se ela disse "O Che" ou "Ernesto Che Guevara" ou "O Comandante Che

Guevara", mas me lembro do silêncio de merda que veio depois. Eu nunca soube se era a primeira vez que ela contava isso aos amigos ou não. Depois de alguns segundos, que foram tão intensos como quando você ouve uma música pela primeira vez, Jessica quebrou o silêncio e disse: "mas a coisa realmente nojenta é que na minha família nunca falamos sobre isso."

A sentença acabou comigo. O mais nojento é que na minha família nunca falamos sobre isso. Eu digeri as palavras e olhei para minha prima. Nós duas estávamos pensando na mesma coisa, sobre os podres e virulentos segredos de família silenciados.

Depois da história de Jessica, a reunião começou a se esvaziar e as pessoas foram se despedindo. Jessica disse que queria dormir com seu namorado e nos entregou as chaves do apartamento. Caminhamos de madrugada, sozinhas e de mãos dadas, pelas ruas de uma cidade desconhecida. Íamos tontas, mas estranhamente alegres. Ríamos de qualquer estupidez que surgisse no nosso caminho. Um cartaz de comida chinesa com a foto do dono do restaurante impressa, um telefone público muito pequeno, a copa de uma árvore que parecia a cabeça do meu pai.

Chegamos ao apartamento e nos deitamos nos sacos estendidos no chão. Minha prima se enrolou em mim e começou a tremer. Suavemente primeiro, e depois com mais violência. Toquei seu rosto e ele estava molhado de lágrimas. Ela entrou no meu saco de dormir, dizendo "eu não queria, eu não queria" — martelando as palavras incessantemente. Eu não queria, não queria. Levei meu nariz à sua boca e senti o gosto da sua respiração. Tinha a mesma doçura que aos dez anos de idade. "Eu também não queria", disse a ela. Peguei seu rosto com as duas mãos, enxuguei suas bochechas e dei-lhe um beijo profundo e pausado. "Eu também não queria, repeti, antes de abraçá-la e começar a chorar."

Bestas

Desço do ônibus no ponto vinte. Estou um pouco enjoada porque estava bebendo com meus colegas de classe da universidade. É tão tarde que os escritórios da avenida já estão com as cortinas fechadas e o ar fica coberto por aquela neblina densa que cheira a fumo velho, a névoa suja. Ninguém anda por ali, e isso me assusta. Tenho mais medo de paisagens vazias do que cheias de gente, não sei por quê. Minha única arma de defesa é fechar a cara, andar rápido e esperar que nada de ruim aconteça no caminho até a minha casa.

    Caminho pelo primeiro quarteirão e ouço alguém me seguindo. Minha barriga se contrai. Fico pensando que é um bando de assaltantes com canivetes ou o velho do saco se masturbando com as calças arriadas. Eu me viro e dou de cara com um vira-lata. Pequeno, preto, abanando o rabo. É aquele cão típico que aparece na rua, aqueles cães que vêm e vão, com quem você cruza por acaso, como moedas ou notas, e que são impossíveis de reconhecer num reencontro. Cachorro sem dono, ouvi uma vez que são chamados assim. Eu me inclino para acariciá-lo e ele me mostra sua barriga. Então descubro que seus seios de recém-parida estão dependurados. É de madrugada e ela está sozinha, acho. Imagino que ela saia à noite para procurar algo com que alimentar seus filhotes durante o dia. Convido-a a me seguir e ela se junta a mim. Agora somos duas noctâmbulas perambulando pelas ruas da Gran Avenida.

Caminhamos e ouço o tec-tec das suas patas atrás de mim, e vejo como sua sombra cresce e alcança a minha, num jogo de luzes pretas e alaranjadas produzidas pelos postes na calçada. Ela se parece com a Cholita, penso, a única cadela que cumpriu seu papel como animal de estimação feliz. A Cholita era uma vira-lata preta que minha avó adotou quando eu era menina e morávamos em La Florida. Era para ser minha e do meu irmão, mas na realidade a cadela obedecia apenas à minha avó. Ela se deitava na sua cama e ficava olhando pela janela até as dez da noite, quando minha avó estava prestes a voltar do trabalho.

Certa tarde, ela se perdeu. Não sabemos como aprendeu a sair para a rua, mas naquele dia, talvez por causa do calor do cio, ela deu no pé. Minha avó estava pintando o cabelo e saiu com uma touca plástica na cabeça para perguntar em toda a rua se alguém tinha visto a Cholita. Ninguém, nada. Lembro-me de chorar, mas não de tristeza. Eu não tinha ficado tão apegada à cadela. Chorei porque sabia que tinha perdido algo meu, e aos doze anos já tinha essa noção de propriedade.

O que mais me doeu em perder a Cholita é que todas as crianças da rua tinham seus bichinhos de estimação vivos no quintal da frente. Eu não tinha nada. Uma noite, decidi corrigir essa falha. Peguei minha corda de pular e minha mochila de acampamento e fui percorrer outros bairros, onde não conhecia ninguém para não sentir inveja. Encontrei cães ferozes que me arreganharam os dentes assim que me aproximei da cerca das casas em que nada se via do lado de dentro, pois estava coberta por uma enorme massa de folhagem amarela. Até que numa casa vi um poodle branco. Eu me aproximei e ele me ofereceu a cabeça para que eu o acarinhasse. Abri o portão da casa com cuidado. Estava destrancado. As luzes apagadas. Entrei e passei a corda em volta do pescoço dele. O poodle resistiu um pouco, mas era submisso e não foi difícil para mim enfiá-lo na mochila. Fechei o portão e fugi com o cachorro latindo nas minhas costas.

Cheguei em casa e o amarrei a um limoeiro no fundo do quintal. Fui para a cozinha e despejei um pouco de picadinho numa panela velha e levei para ele. O poodle não comeu, estava estirado ganindo. Eu me ajoelhei à sua frente e disse: "você é meu agora." Tentei abraçá-lo e ele se afastou. Começou a correr em direção à cerca. A corda puxou seu pescoço como um chicote e o cão deu um ganido alto e agudo. Naquele momento, minha avó apareceu. Ela me repreendeu, disse que eu estava fazendo a mesma coisa que alguém tinha feito comigo ao levar a Cholita. Sabia que ela estava certa, mas não disse isso.

Minha avó soltou o poodle, e o cachorro fugiu. Por muito tempo, eu a odiei por isso.

Nunca mais tive um cachorro, exceto os cães sem dono que nos seguem na rua. Como agora, que estou sendo acompanhada por um clone da Cholita, com as tetas cheias de leite.

Caminhamos. Toda sexta-feira à noite eu faço esse percurso, mas nunca tinha visto essa cadela. Gosto dela. Começo a rosnar para ela e pular de um lado para o outro, como uma besta, e ela rosna de volta e pula e abana o rabo porque talvez tenha se passado muito tempo desde que alguém na rua tenha lhe feito alguma graça. Acaricio sua cabeça e novamente ela me mostra sua barriga. E, mesmo à noite, vejo como as pulgas andam por entre seus mamilos rosados.

Já estamos no meio do caminho. Com a caminhada, minha tontura passa e pouco a pouco o vinho de caixinha com Kem Piña começa a perder o efeito. Acho que vou me abaixar e dar salsicha e pão embebido em leite à cadela quando chegarmos em casa.

Então algo horrível acontece.

Chegamos ao cibercafé do Gustavo e um pastor-alemão (ou um vira-lata de pastor) aparece e se atira na mãe cadela. No pescoço, como se a cadela fosse um antílope, e o pastor-alemão, uma onça. E eu grito: SOLTA ELA, CACHORRO DE MERDA, ALEMÃO DE MERDA, NAZISTA DE MERDA. O pastor tenta montar em cima dela e também morde seu lombo, e a cadela gane, e faz tanto tempo que não sinto medo que começo a chorar. Eu pego uma grande pedra da calçada e a atiro nele. O pastor-alemão se joga em cima de mim e agarra minhas calças, e eu sinto seus dentes, mas sinto mais por como os olhos da cadela ferida olham para mim. Levanto a perna direita e não sei como chuto a cabeça dele, e o cachorro recua, e então eu corro, corro, corro. Corro como em todas as cenas clichês dos filmes em que alguém corre para viver.

Chego à esquina da San Francisco com a El Parrón. Mal consigo respirar e sinto uma pontada nas costas. É o baço, acho. Minha mãe acreditava que essa dor era boa, ela dizia: "se dói é porque você sente, e se você sente é porque está viva." E viva e inteira é como eu quero chegar em casa. Eu me viro e vejo o cachorro em cima da cadela. Olho para a frente e vejo a praça semivazia, e vejo minha casa, e penso na luz acesa do quarto da minha avó e no troc-troc incansável da sua máquina de costura. Penso: ajudo a vira-lata ou não? Eu contraio a barriga e vendo a cadela como todas as pessoas vendem e trocam os cães de rua. Porque são paisagens, como os sem-teto ou os pombos, para os quais ninguém olha quando dormem na rua e de quem ninguém sente falta quando os carros os esmagam.

Entro em casa e ouço minha avó gritando meu nome. Não respondo. Eu me tranco no banheiro e tiro as calças. O sangue desce da minha coxa até o pé. Não é muito, mas é sangue.

Eu me limpo com sabonete, tiro um vidrinho de iodo do armário de remédios e jogo em cima da ferida. É pequena, mas profunda, e acho que, se eu contar para a minha avó, eles vão querer que eu me vacine, e prefiro não dizer nada, porque já tive o bastante por hoje, com as presas do cão alemão.

Entro no chuveiro e depois me deito para dormir com o cabelo molhado. Sonho com aqueles desenhos animados em que aparecia um cachorro que era tão feio que usava uma casinha na cabeça, e no meu sonho o cão feio e gigante tira sua casa-máscara e a cabeça dele é a do pastor-alemão, e ele abre a boca como um crocodilo e me persegue porque eu sou Judas e corro, e estou vestida com uma túnica e com as sandálias usadas pelos apóstolos no filme *Jesus de Nazaré*.

No dia seguinte, acordo cedo. Não estou de ressaca, mas ainda dói por dentro. Saio de casa e minha avó me pergunta para onde vou. Não conto a ela. Caminho até a esquina onde abandonei a mãe cadela e obviamente ela se foi. No chão de cimento há manchas de sangue e terra. Eu as toco e enfio os dedos na boca e sinto o gosto de ferro do sangue vivo. Toco minha ferida e a ardência também me confirma que a noite passada foi real. Eu me levanto para voltar para casa e então a vejo. Os seios dependurados, e quatro cachorrinhos tão pretos quanto ela se escondem às suas costas. Eu vou em frente e indico com os olhos que vou pegá-la. E ela fica muito tranquila na calçada, sem nenhuma corda que a amarre, a me esperar ali.

Itália

A Itália estava sempre lendo um livro. Às vezes nos deitávamos na grama, e eu apoiava minha cabeça nas suas pernas, e ela varria meu rosto com os cabelos, e me lia as histórias de Lemebel ou "A noite de barriga para cima"*, dizendo que o *sonho maravilhoso tinha sido o outro*, com sua voz rouca e calma, enquanto eu me concentrava na sua boca, nos seus dentes claros e alinhados. A Itália escrevia contos de cem palavras para o *Santiago*** e participava das oficinas do Centro Cultural Balmaceda 1215, e às vezes eu ia buscá-la nas suas aulas para que tomássemos sorvete no parque Florestal. A Itália se chamava Itália porque sua mãe tinha ido para o exílio e se casado com um italiano e, quando voltaram juntos para o Chile e tiveram uma filha, batizaram-na assim, por terem conseguido voltar e para não esquecer o que era viver no exílio. A Itália tinha dezesseis anos e estudava numa escola particular onde podia ir sem uniforme e à qual podia chegar de bicicleta. A Itália, em vez de dizer avós, dizia *nonos* e falava várias línguas além do espanhol, conhecia a Europa e sabia que, no dia em que

---

* Julio Cortázar, *A noite de barriga para cima*. Final do jogo, trad. Paulina Wacht e Ari Roitman, 2. ed, Rio de Janeiro: Civilização Brasileira, 2016.

**Criado pela Fundacíon Plagio, o projeto En 100 Palabras [Em 100 Palavras] teve sua origem com Santiago en 100 Palabras [Santiago em 100 Palavras] e é um concurso anual de contos breves que acontece desde 2001 em Santiago do Chile. (N.E.)

terminasse a escola, sua vida continuaria em outro continente, longe daqui e longe de mim.

A primeira vez que a vi foi numa aula de pilates, numa academia municipal de Providencia. Ela usava uma franja grossa e um rabo de cavalo longo e ondulado nas pontas. Eu a espiava o tempo todo pelo espelho. Gostei das suas maçãs do rosto avermelhadas, das sobrancelhas escuras e da concavidade das suas pernas finas. Imaginei que minha mão se encaixaria perfeitamente ali. No fim da aula, falei com ela e fomos embora de bicicleta. Eu morava no centro da cidade, no vigésimo andar de um desses prédios novos, perto do metrô Universidad de Chile, e ela morava num bairro de casas como as do filme *Esqueceram de mim*, perto da colina San Cristóbal. Naquela primeira vez que conversamos, pedalamos pela avenida costeira e a acompanhei até casa. Sua casa me deu medo, como dão medo as coisas que não conhecemos: a chaminé, as árvores frondosas, a van gigante estacionada do lado de fora. Nós nos despedimos, e eu me esforcei para sentir o seu cheiro; nos dias seguintes, me esforcei para prolongar esse trajeto entre a academia e a casa dela. Algumas semanas depois, estávamos enviando mensagens pelo celular, e ela me emprestava livros, e eu enrolava os dedos nas pontas do seu rabo de cavalo castanho.

A Itália me escrevia cartas nas quais juntava palavras que eu nem pensava que poderiam se unir. Ela me telefonava, de madrugada, e, em vez de falar, tocava "La noyée" — aquela música da Amélie[***] —, e eu imaginava que aquele acordeão me dizia *venha* ou *não vá embora* ou *eu também*. Com ela eu

---

[***] Referência ao filme francês *O fabuloso destino de Amélie Poulain*, dirigido por Jean-Pierre Jeunet, lançado em 2002. (N.E.)

não tinha medo de andar na chuva sem um guarda-chuva ou roubar livros nas livrarias de Belas Artes. Com ela, nossos anos de diferença desapareciam e eu me sentia como uma estudante de novo. Eu gostava de que ela se chamasse Itália e que me dissesse que na França viu a *Mona Lisa* e é um quadro minúsculo e que na Inglaterra chove tanto que não se pode dar um passeio. Perguntei-lhe como era andar de avião e como se viam as nuvens lá do ar. Gostava da sua pele pálida e de comparar suas pintas marrom-claras com as minhas, marrom-escuras. Eu gostava de tocá-la e de me sentir perto de uma pele como a dela, que eu tinha desejado tanto quando era menina; pois, na escola do meu bairro, todas nós morenas estávamos apaixonadas pelo único loiro do curso, que, por sua vez, era apaixonado pela única loira, numa lógica que, mais do que racista, correspondia às regras do mercado, à lei do excesso de oferta morena e da escassez dos cabelos claros.

Às vezes, saíamos das aulas e andávamos por aí carregando nossas bicicletas com as mãos. Chegávamos à avenida costeira e nos jogávamos ali, entre as árvores, nos esfregando com desespero, até as nove, dez, onze da noite, quando da margem do rio vinha uma brisa fria e alguns corredores continuavam a queimar calorias, vestidos com roupas esportivas de cores fluorescentes.

No começo, tudo o que a Itália me dizia me deixava eufórica, feliz. Ouvi-la aguçava meu interesse em saber como ela vivia. Me inebriava ver como ela era curiosa e como tinha crescido estimulada. Eu queria saber quais livros ela havia lido na infância, se ela havia feito balé ou passeios a cavalo, com que idade ela usara aparelhos, como havia aprendido a nadar. Nas suas histórias, eu substituía a protagonista por mim e era eu quem corrigia os dentes tortos aos oito anos, a que tinha ido a restaurantes desde muito jovem e desfrutado de pratos muito mais complexos do que frango assado com batatas fritas. Eu era a única que brincava com caras que eram cineastas ou professores universitários em vez de operários ou motoristas de táxi e era eu que tinha um quarto só para mim e nadava aos sábados de janeiro na piscina de cimento do quintal.

Certa tarde, nós nos encontramos na entrada da academia e decidimos faltar às aulas. Fomos ao parque Bustamante e compramos uma pizza sem carne num lugar que ficava em frente ao café literário. Pedimos para viagem e nos sentamos para comer, com os pés enfiados na lagoa artificial. Eu disse que a pizza estava deliciosa e a Itália riu e me explicou que não se dizia picsa ou pissa ou pitsa, mas *pizzzza*, como o som de Z como um mosquito estridente. Quando a Itália me corrigia, uma estranha amargura me inundava. Gostava que ela indicasse meus erros, sentia que eu me tornava mais forte, mais capaz de estar com ela. Porém, ao mesmo tempo, doía-me não ter nascido com todas aquelas sabedorias miúdas que deveriam ser necessárias para uma pessoa andar firme pelo mundo.

Nós nos jogamos na grama e a Itália encheu a caixa de pizza com desenhos e frases. Gostaria de ter guardado essa caixa. Ler sua letra impressa ali e rir das suas piadas novamente. Aproximamos nossos narizes e conversamos sobre ela, sobre mim, mas sobretudo sobre ela, das coisas que ela sabia. Dos nomes das árvores e pássaros do parque. Peguei um cigarro e fumamos vendo o céu escurecer e as luzes do parque começarem a se acender.

Naquela noite, a Itália me convidou para ir à sua casa pela primeira vez. Subimos de bicicleta até a Pedro de Valdivia. Eu sentia que, em vez de pedalar, flutuava, e que as luzes dos carros se fundiam com as dos holofotes do parque, explodindo nos meus óculos, como uma aurora boreal laranja e verde (a Itália havia me explicado o que era a aurora boreal). No caminho compramos uma garrafa de vinho, que a Itália guardou na mochila. Entramos na casa pela cozinha e sua *nona* Carmen veio nos cumprimentar. *Minha filhinha*, disse a ela, seguida por frases de avó preocupada, e ofereceu-lhe um leite quente, que a Itália recusou. *Nona* Carmen me cumprimentou carinhosamente e, vendo que a Itália não queria nada, foi se entocaiar como um coelho numa sala que ficava ao lado da cozinha.

Subimos para o segundo andar de mãos dadas, por uma escadaria de grossos degraus de madeira. Ela na frente e eu atrás. Mesmo no escuro, notei suas pernas esbeltas, a curvatura em que eu sabia que minha mão poderia se encaixar. Entramos num quarto grande, tão grande que meu apartamento cabia completo dentro dele. Sua cama era de casal e isso também me surpreendeu, porque no meu mundo as camas de casal eram para as pessoas casadas, para os pais; as camas das crianças eram camas de solteiro ou eram beliches para compartilhar e disputar com o irmão mais novo.

A Itália se atirou no chão e se esqueceu de acender a luz e abrir o vinho. Eu me recostei ao lado dela e a beijei, e sua boca tinha gosto de água limpa, papel de revista brilhante. Eu não podia vê-la, mas a sentia. Toquei a curvatura das suas pernas e fui inundada por um formigamento. Toquei seus seios por baixo da camiseta e eles eram macios e pequenos, e eu os imaginei rosados na pele branca. Trançamos nossas pernas e eu me apertei contra ela e ela se pressionou contra mim. Imaginei suas maçãs do rosto avermelhadas como nas aulas de pilates e acariciei seu pescoço com meu nariz e fiquei ali, minha cabeça apoiada no seu ombro, desejosa, ofegante, ouvindo seus gritos contidos. Tirei minha roupa de pilates e ela tirou a dela, e eu enfiei minha língua no seu umbigo e voltei para a sua boca, e ela lambeu meu seio esquerdo como um bebê faminto, e então eu não aguentei mais e em poucos segundos gozei, esmagando-a com minha calcinha.

Ficamos estiradas no chão, com a pele grudenta. Depois, deitamos na sua cama e adormecemos lá. Do que mais me lembro daquela noite são os lençóis. Eram os mais brancos e macios em que eu já tinha dormido.

No dia seguinte, seu pai nos acordou cedo, batendo na porta para descermos para o café da manhã. Na mesa havia (ao mesmo tempo) suco de morango (natural), queijo (vários tipos) e granola (eu acho). Seus pais eram tão falantes quanto ela. Falaram sobre o trabalho deles. Ele era engenheiro em algum lugar e ela era dramaturga e professora universitária. Eles comentavam assuntos atuais, com a rádio Cooperativa ao fundo, e me perguntaram o que eu fazia, como eu tinha conhecido a Itália. Contei-lhes sobre as aulas de pilates e sobre mim, que tinha acabado de terminar o curso de Pedagogia, que estava trabalhando numa pequena escola na Recoleta e que viera recentemente morar no centro da cidade, num apartamento que esperava comprar um dia. Eles não me perguntaram o que minha família fazia ou onde eu morava antes. Não por falta de interesse, mas por delicadeza. Ou por educação, como diria meu pai.

Terminamos de comer, e a *nona* Carmen tirou a mesa, e a Itália me convidou para um passeio pela casa. As paredes eram brancas e as janelas enormes, emolduradas em bordas de madeira limpa e envernizada. Havia objetos estranhos, como relógios de corda, placas de ferro e vitrolas de diferentes tamanhos, que a Itália me ensinou a manusear. Havia um piano em que, a Itália me explicou enfastiada, ela nunca mais tocaria. Na parede contra a qual o piano estava encostado havia uma espécie de santuário para a Itália (o país Itália), com pinturas, fotos e relíquias que eu não entendi, juntamente com dois escudos dos nomes de família.

Por volta das onze horas, a mãe da Itália se ofereceu para me levar para o centro da cidade no seu carro. Ela ia dar uma aula na Católica para crianças talentosas de escolas de Santiago, ou algo assim. Eu teria preferido ir sozinha de bicicleta, mas não pude recusar o convite: eram a Itália e a mãe contra mim.

Subi até o quarto da Itália para pegar minhas coisas e estando lá notei os detalhes do aposento. Era o de uma princesa erudita, uma barbie artista. Havia um violão, muitos livros, quadros pintados por ela e uma escrivaninha de madeira em frente à janela. Era uma casa de série de tevê. Na mesa de cabeceira estava sua identidade. Ela parecia muito jovem na foto, devia ter treze anos de idade. Peguei-a rapidamente e enfiei no bolso. Então, desci para o primeiro andar como se não tivesse acabado de sequestrar um pedaço da Itália para levar comigo.

Entramos no carro. O pai nos ajudou a acomodar a bicicleta. A Itália quis nos acompanhar e sentou-se como copiloto. Entrei no banco traseiro, sozinha. A Itália punha músicas para que eu conhecesse aquelas cantoras francesas que eu nunca tinha ouvido na vida e das quais ela gostava tanto. Mãe e filha conversavam e me passavam a palavra como alguém que joga uma bola quando está brincando de queimada. Eu respondia brevemente, sem consistência. Estava absorta olhando pela janela, imersa no coração de Providencia, no verde intenso das suas ruas e na magnitude cinematográfica das suas casas.

Viramos a avenida Portugal e a mãe estacionou o carro e ofereceu-me um bilhete, me perguntando se meu cartão de transporte estava carregado, se eu precisava de dinheiro para chegar em casa. Eu respondi com sinceridade que não, muito obrigada, que eu ia de bicicleta. A Itália olhou para mim com o cenho franzido e a mãe bufou. Não entendi.

Peguei a bicicleta desajeitadamente e a Itália se despediu com um gesto frio, que me desconcertou. Quando cheguei em casa, abri a geladeira, enfiei a identidade da Itália lá dentro e nunca mais a tirei dali.

Nas semanas seguintes, nós nos encontramos no pilates e eu nem sempre fui acompanhá-la até sua casa. As mensagens no celular e as ligações noturnas começaram a diminuir. A Itália se distanciou de mim e eu dela, de maneira lenta, mas constante, como dois pedaços de terra na deriva continental. Eu já não gostava mais de brincar de substituí-la nas suas histórias. Me doía que esse exercício fosse apenas uma possibilidade. Tinha medo de que chegasse o momento de convidá-la a vir à minha casa. Eu não me via levando-a até Quilicura de ônibus, apresentando-a à minha mãe, cada dia mais loira e mais gorda; ao meu pai, falando com a boca cheia em frente à tevê; a uma versão acinzentada e apática de mim mesma, sentada naquela minúscula sala de estar com piso de vinil.

Então me escondi. Parei de ir ao pilates, troquei de número do celular. Até que não a vi mais. No entanto, posso adivinhar perfeitamente o que aconteceu com ela. Sei que terminou a escola, que se saiu incrivelmente bem no vestibular e que de qualquer forma ela foi para a Europa com os seus *nonos*. Sei que no fim se instalou em Florença ou Barcelona ou numa cidade assim, de filme de arte, para estudar fotografia ou pintura ou teatro com marionetes. Sei que trabalhou lá, de garçonete primeiro e num centro cultural mais tarde. Sei que se juntou com algum europeu alto e que morou com ele num apartamento com vista panorâmica para alguma cidade antiga e iluminada.

Às vezes, eu pedalava por Santiago e imaginava que poderia encontrá-la. Também pensava que talvez ela me visse passar e pensasse em mim, que pensava com nostalgia nas tardes que passávamos lendo na grama de algum parque. Eu gostava de fantasiar a possibilidade de ser vista pela Itália e nunca descobrir que isso aconteceu.

Uma noite passei de bicicleta pelo bairro Bellavista, em frente a uma daquelas livrarias onde entramos em lançamentos de livros, como ela dizia, pensando que era um lugar propício para topar com ela. Então ela apareceu. Usava o cabelo muito curto, estilo Twiggy. Saía da livraria com um grupo de pessoas, rindo com seus dentes grandes. Nós nos cruzamos. Foi rápido, cerca de um segundo. Cravei os olhos no rosto dela e meu peito se encheu de calor, alegre ou assustado, não sei. Ela olhou para mim por causa daquele instinto humano de corresponder a um olhar alheio, de se defender de um possível caçador. Parece que vi um lampejo de nostalgia no seu rosto, embora não tenha certeza. Não parei para confirmar. Apenas movimentei as pernas com força, aumentando cada vez mais a velocidade pela calçada.

Rockerito83@yahoo.es

Nunca contei isso a ninguém. Certa vez, tive um namorado virtual. Um webnamorado. Um cara que eu conheci pela internet e para o qual eu telefonava e dizia "eu te amo."

Eu o conheci através do Napster, o primeiro programa com o qual se podia baixar música da internet. Naquela época não havia Google, Pirate Bay ou WhatsApp. As páginas da web eram folhas de Word cheias de *gifs* animados pixelados e tinham de ser conectadas pela linha telefônica, num ritual que soava como pigarros de robôs doentes. Agora acho que nessa época a internet era uma merda, que o Napster era uma merda, pois a conexão era tão lenta que se podia baixar apenas uma música por noite, e, se a pessoa que compartilhava o arquivo se desconectasse, o *download* era cancelado e você ficava querendo ouvir os hits de Alanis Morissette ou Lucybell.

O Napster tinha um *chat*, uma janelinha onde você podia dizer a alguém "oi, amigo, não se desconecte porque estou baixando uma música :)", e certificar-se, assim, de baixar o mp3 completo. No Napster, eu me chamava Punkito. Embora eu gostasse de ouvir *pop* e *soft rock*, no fundo eu queria ser punk. Uma vez tinha ido a Santiago e visto alguns magrelos de pé na rua Bandera, com roupas pretas e manchadas de água sanitária, e pensei que era a coisa mais transgressora e admirável que eu já tinha visto. Por isso eu decidira tingir algumas madeixas do cabelo de vermelho e me vestir apenas de preto.

E era Punkito e não Punkita, pois eu havia descoberto que, se você tivesse um apelido masculino, os homens te enchiam menos.

Era sábado à noite, o único momento da semana em que minha mãe deixava eu me conectar à internet (assim saía mais barato e eu não ocupava a linha telefônica), e eu estava baixando Flema para descobrir como o punk soava. De repente, alguém falou comigo. "E aí, cara", disse ele. Não sei por que não menti. Respondi e esclareci que era mulher. Começamos a conversar. Nem lembro mais o quê. O que eu sei é que dissemos nossos nomes verdadeiros — Camila, Javier —, trocamos números de ICQ, depois nos adicionamos no Messenger, e em pouco tempo enviávamos *emoticons* de coração um ao outro.

Naquela época, eu morava em Codegua, uma vila na sexta região. Eu estava na oitava série na escola E86, onde minha mãe dava aula, e era uma das poucas pessoas que tinha computador em casa. Meu pai era contador na mina e tinha comprado para o seu trabalho. Morávamos numa casa com uma roda de carroça na entrada e um sítio nos fundos. Cresci brincando na vala, escalando figueiras e abacateiros. Mas, quando completei treze anos, Codegua parecia uma chatice para mim. Pedia permissão à minha mãe e ia a Santiago de trem, ia ao Eurocentro para comprar *bottoms* e cartazes das bandas que baixava através do Napster. Às vezes eu me sentava sozinha na praça de Codegua, perto do cemitério, e ouvia num discman as músicas que eu baixava da internet. Não conhecia mais ninguém que se preocupasse em se definir a partir de um estilo musical. É por isso que eu gostava da internet, porque lá eu encontrava pessoas como Javier.

Javier era de Valdivia. Ele tocava guitarra e seu e-mail era rockerito83@yahoo.es. O meu era dark_maiden_1988@mixmail.

com. Javier foi a primeira pessoa que conheci que sabia muito de música. Lia revistas que comprava pelo correio, assistia a documentários sobre cantores gringos dos anos 1970 e ouvia bandas que não tocavam no rádio. Com ele, descobri grupos que me acompanham até hoje. Com ele, migrei do *punk* para o *grunge* e do *grunge* para o *brit pop*. Javier era cinco anos mais velho que eu. Estava no quarto ano do ensino médio porque tinha repetido uma série, e queria ser advogado quando terminasse o colégio.

Javier não foi o único cara com quem me relacionei online. Houve vários antes dele. Um de Santiago, que não sei como me adicionou no Messenger e me perguntou se eu era virgem. Eu disse que sim, com um *emoticon* corado. Então ele se ofereceu para ser o primeiro, para me ajudar a ter uma primeira noite tranquila e livre de traumas. Segundo ele, já havia feito isso com várias meninas. Lembro-me de escrever o telefone dele no meu diário e pensar nisso como uma possibilidade real.

Outra vez, no chat do Rock&Pop, conheci um menino que morava em Quilpué, de dezessete anos, de quem gostei porque nas suas fotos ele tinha olhos verdes. Menti para ele, disse que não era virgem. Ele pediu meu telefone e ligou. Falou de um monte de posições e enfiou a língua em partes que eu não sabia que ela poderia entrar.

Nunca saí com eles. Com outros, sim. Como o Gonzalo, que morava em San Bernardo, a poucos minutos de trem de Graneros, a vila vizinha (e rival) de Codegua. Nós nos encontramos na praça de San Bernardo e ele me convidou para tomar um sorvete. Também menti para ele, disse-lhe que tinha quinze anos em vez de treze. Fui àquele encontro com minha camiseta dos Ramones, que eu tinha comprado num brechó.

Nós não nos beijamos porque ele estava apaixonado por uma garota que havia conhecido online e que morava no México.

Outro de San Bernardo era Lautaro, um metaleiro magro e de cabelos compridos que cheirava a azedo. Na primeira vez que nos encontramos, cheguei de ônibus à estação Central. Estava chovendo. Caminhamos de mãos dadas pela Alameda até um bar chamado Entre Latas, e lá ele tomou um chope enquanto me dava beijos de língua. Quando voltamos para a estação, ele me disse para entrar num corredor, que era a saída de emergência do cinema Hoyts. Subimos uma longa escadaria e, quando chegamos ao topo, abrimos a porta e saímos para uma espécie de varanda, um pequeno terraço, como cenário de teatro. Já estava de noite. Lautaro me abraçou e olhamos para as gotas que eram visíveis ao cair perto dos holofotes, e ficamos observando os trens e as pessoas com guarda-chuvas coloridos, saindo e entrando na estação.

Depois, Lautaro se tornou um bêbado que me ligava de madrugada e me escrevia e-mails terríveis. Dele, a única coisa boa que guardo é aquele cartão-postal de um dia chuvoso.

Javier nunca me perguntou se eu era virgem ou me forçou a ouvir coisas picantes no telefone. Conversávamos sobre o cotidiano. Eu lhe contava se estava menstruada ou se tinha brigado com minha mãe. E ele, o mesmo: como passava os dias morando com a mãe na casa da avó, como a ajudava a cuidar de uma lojinha de roupas femininas, como ficava com raiva de ser o filho bastardo de um dentista famoso em Valdivia.

Acho que ficamos juntos porque nos conhecemos justamente num momento de mudança para nós dois: quando saí da oitava série e comecei a frequentar uma escola em Santiago, o Internato Nacional Feminino, e ele fez o vestibular e entrou na Universidade Austral.

Éramos diários de vida virtuais e interativos. Eu lhe enviava e-mails uma vez por semana, nos quais contava que estudar num internato era esquisito. Eu não tinha mais que obedecer aos meus pais, e sim às madres do colégio. Contava a ele sobre a biblioteca, que era gigante e tinha mais livros do que todos os livros em Codegua. Contava sobre minhas companheiras, que vinham de Santiago, Viña e até Linares, que nas suas famílias as mulheres eram agricultoras ou donas de casa, e é por isso que estudavam, para não repetir a história das mães.

Javier também me escrevia sobre suas descobertas. Dizia que a Universidade Austral era um parque, que trocava discos com seus colegas de classe e que às sextas-feiras ele saía pra farrear. Me disse que tinha aprendido o que era uma assembleia e que conhecera colegas de classe que liam tanto que pareciam professores. Que circulavam fotocópias dos manifestos trotskistas e das cartas que Gramsci escreveu enquanto estava preso.

Havia fins de semana em que eu me esquecia de Javier, do chat e dos e-mails, e pedia permissão aos meus pais para ficar na casa da Claudia, perto do Clube Hípico. Íamos para a Quinta Normal e nos juntávamos aos alunos do Internato Nacional Barros Arana, algo como nosso colégio numa versão masculina. Nessas reuniões eu aprendi a fumar e fiquei com caras que me atraíam porque tinham os mesmos bordados que eu na mochila. Nós os convidávamos para ir à casa da Claudia, púnhamos a música que se ouvia na Blondie e bebíamos com a luz apagada, trancados no quarto dela.

Aquele primeiro ano foi tão efervescente que Javier e eu esquecemos um pouco um do outro. No segundo ano, as coisas se acalmaram. Peguei firme nos estudos — porque aprendi, graças a Javier, que as notas eram tão importantes quanto a pontuação para entrar na universidade — e Javier se concentrou mais porque tinha ido mal em algumas disciplinas. Voltamos a conversar pelo chat às sextas-feiras e pensamos em novas maneiras de manter nosso vínculo. Por exemplo, pedimos o mesmo presente de Natal: um celular Entel, por ser da mesma empresa e as ligações saírem mais em conta.

Eu sempre carregava o celular comigo, enfiado no sutiã. Ia ao banheiro e conversava de lá ou mandava mensagens para ele numa linguagem de bate-papo tão cifrada que só nós dois entendíamos. Eu usava os 160 caracteres para lhe dizer como tinha ido numa prova ou como a professora de Química era insuportável. Enviávamos mensagens de texto um ao outro todo dia, conversávamos longamente uma vez por semana e nos ligávamos a cada hora. Aquela ligação curta era para dizer, oi, te amo, me lembrei de você. Quando não estávamos conversando, eu relia suas mensagens várias vezes, por horas. Imaginava o rosto dele naquelas correspondências. Sentia que seus textos atraíam sua presença.

Gostava da voz de Javier. Era suave, dava para dizer que ele não era um fã de futebol ou um cara que resolve problemas com os punhos. Ele me chamava de *rockerita* e eu o chamava de *rockerito*. Às vezes, eu acordava de manhã e ele tinha me deixado mensagens no correio de voz: ele, tocando no violão "1979", do Smashing Pumpkins. Ele também me deixava passagens de livros, como trechos do capítulo 7 de *O jogo da amarelinha**, dizendo que eu era a Maga e que um dia iríamos nos encontrar em Paris.

Naquele ano, também começamos a escrever cartas à mão. Convenci meus pais de que me correspondia com uma colega

---

* Julio Cortázar, *O jogo da amarelinha*, trad. Eric Nepomuceno, São Paulo: Companhia das Letras, 2019.

do internato que morava em Valdivia. Nos envelopes, Javier anexava fotocópias das revistas que lia, com entrevistas de Thom Yorke ou os poemas de Patti Smith. No verso das páginas escrevia sobre nós, com letra de forma e lápis de cor azul. Eu gostava de lê-lo, suas palavras me deixavam com a mesma sensação boa que encontrava em alguns livros.

Naquela época, de repente, comecei a pensar que nunca havíamos nos visto.

Como não tínhamos *webcam*, perguntei por que ele não mandava uma foto sua na próxima carta. Que eu podia enviar-lhe uma das minhas. Javier evitava o assunto e conseguia me dizer que não. No fim, um dia, ele me enviou uma foto por e-mail. Estava mal escaneada e pouco nítida. Um cara de jeans, camiseta do Nirvana e tênis branco. Ele olhava para a câmera, meio agachado, segurando um violão. O rosto sério e o cabelo comprido bagunçado. Ao fundo: uma árvore de Natal e aquele móvel típico com vasos e fotos de família. Não era uma imagem para dar um rosto a Javier, mas era a única coisa que ele me enviara.

Comprei um rolo de filme e pedi que a Claudia tirasse fotos de mim. Vesti meu melhor *look* — jeans de cintura baixa, tênis e uma camiseta escrito Abercrombie & Fitch, que comprei na feira e que deixava minha barriga à mostra — e posei no Parque O'Higgins e no metrô, para parecer uma mulher da cidade e não uma interiorana.

Quando viu minhas fotos, Javier disse que não podia acreditar que uma menina como eu o amava. Eu precisava saber como era o menino que me amava. Comecei a lhe pedir detalhes: como é o seu corpo, de que cor é seu cabelo, com que roupa anda, como é seu quarto, em que lugar fica a cama. E ele dizia: sou magro, magro de ruim; os cabelos castanhos, uso calça jeans e tênis, no quarto tenho o computador, a tevê, uma prateleira e a cama de casal, com a cabeceira voltada para o sul. E eu sonhei com aquele quarto, em dormir abraçada com ele ali, alguma vez.

Já estávamos, sei lá, fazia quatro anos naquilo e comecei a exigir que levássemos as coisas a sério. Que nos víssemos pelo menos uma vez por mês. Fiz a conta da distância, eram oitocentos quilômetros da cidade dele até a minha. Esse número se tornou minha obsessão. Ficava emocionada se me cobrassem oitocentos pesos num negócio e comprava o número 8 se me oferecessem uma rifa. Calculava: se os ônibus vão a cem por hora e estamos a oitocentos quilômetros de distância, são oito horas de viagem. Eu dizia a Javier, por que você não vem, eu te pago a passagem, você pega o ônibus à meia-noite e chega de manhã, vem, vem, vem. E ele dizia, não tenho dinheiro, minha mãe, os estudos.

Brigamos. Foram várias pequenas discussões e depois uma grande. Terminamos, ou algo assim. Javier me telefonava e eu não atendia. Eu não queria ler seus e-mails. Nem falar com ele nem o responder. Estava furiosa, determinada a não falar mais com ele. E foi isto que fiz: eu o mandei à merda.

Mas um dia ele me mandou uma mensagem. Curto, conciso. Dizia: minha avó morreu.

Liguei para ele. Foi a primeira vez que o ouvi chorar. Falou do corpo da sua avó ficando frio, que ele a vestiu, que ele carregou o caixão nos seus ombros até o cemitério. Eu o confortei e fiquei triste porque ele estava triste. A morte foi uma trégua. Continuamos com nosso rolo, sem exigir visitas ou pedir que nos tornássemos um casal normal.

Alguns meses depois, terminei o ensino médio. Fiz a prova final, comecei a me despedir do internato, que havia sido minha casa por quatro anos. As meninas e eu tínhamos economizado desde o terceiro ano para fazer uma viagem de estudos. Naquele fim de ano, em dezembro, nossa professora chefe, Cecilia, confirmou que iríamos para o Sul, porque ela havia conseguido acomodação no internato de Hornopirén, na décima região, a mesma em que Javier morava.

Liguei para ele assim que soube. Fiquei em êxtase. Eram duas viagens que eu esperava havia muito tempo.

Alugamos um ônibus antigo, que nos buscou no colégio. Saímos às oito da manhã e começamos uma viagem que duraria quase vinte horas. Através da janela, a paisagem foi se transformando de colinas áridas à selva úmida. Depois de matar as horas fumando secretamente no fundo do ônibus, cantando no violão as músicas de Los Prisioneros e ajudando com a bagagem das colegas que vomitavam, finalmente chegamos a Hornopirén. Era lindo, uma cidadezinha menor que Codegua, com ruas sem nome e passarinhos que cantam o tempo todo.

No primeiro dia nos instalamos no internato, que estava vazio porque os meninos estavam de férias. Fuçamos em todos os cantos para explorar como era um internato masculino. Encontramos catálogos de roupas íntimas Avon e revistas *Vida afetiva e sexualidade* sob os colchões. Nós nos divertimos tanto que a semana de viagem passou voando. Fomos às fontes termais de um parque nacional, jogamos bola no ginásio municipal e nos despedimos do último dia com um *curanto*** sofrível, cheio de batatas e quase nenhum marisco.

** *Curanto* é um prato típico da culinária chilena, também preparado em outras regiões da América do Sul. Trata-se de um cozido tradicional feito em um buraco cavado no chão, onde pedras são aquecidas até ficarem incandescentes. (N.E.)

Durante esses dias, falei pouco com Javier, só avisei que no caminho de volta o ônibus iria parar em Valdivia, que naquele momento poderíamos nos encontrar. Combinamos de nos conhecer no dia que eu chegasse a Valdivia, depois do almoço, na praça municipal.

Eu não dormi naquela viagem. Olhei pela janela todo o caminho, calculando que cada quilômetro que avançávamos era um quilômetro mais próxima de Javier.

Descemos perto do rio Calle. Eu nunca tinha ido a Valdivia antes e achei lindo, um pouco alemão, sim, mas adorei a ideia de morar numa cidade com um rio tão grande e navegável, tão diferente do leito seco de Codegua. Tiramos fotos com os leões-marinhos e depois fomos almoçar. Quando terminamos de comer, saímos. Sem que a professora Cecilia me visse, virei uma esquina qualquer e fui para a praça.

Sentei-me num banco. Eram quase quatro horas da tarde. Mandei uma mensagem para Javier: Estou aqui. Ele me respondeu na mesma hora: estou indo.

Eu estava tão nervosa que minhas mãos suavam e meu estômago revirava. Batia no chão com os pés como numa marcha militar. Pensei que ia vomitar de ansiedade.

Olhei para as pessoas na praça. Olhei para os jovens que se aproximavam da praça. Às quatro e quinze, vi um cara alto com pele clara e barba escura caminhando na minha direção. Era lindo. Eu lhe daria um beijo se ele fosse Javier, pensei. Ele veio para o meu lado e passou direto. Não era. Eu o vi ir embora. Estava nisso e ouvi uma voz: "olá, Camila."

Uma serra atingiu meu peito. Olhei para ele. Não era como nas fotos. Não era magro e não tinha dentes como os do filho de um dentista. Era feio, era um cara feio que eu nunca beijaria.

Sentou-se ao meu lado e começou a falar. Senti o cheiro dele, o cheiro das suas cartas, mas não era ele, não podia ser Javier. Ele falou como falava ao telefone. Com aquela voz de que eu gostava. Disse que naquele dia haveria uma festa na sua casa, que talvez eu pudesse ir. Ele disse ao vivo a mesma coisa que escrevia por e-mail. Ele disse *rockerita* e se aproximou para me dar um beijo. Eu não falava, queria fugir. Pensei: em que porra que eu me meti.

Beijei-o de volta. Um beijo áspero e salgado. Imaginei que fosse Lautaro ou um dos meninos do INBA. Eu o abracei para acabar logo com o momento, para não olhar para ele. Senti seu corpo enorme e suas roupas suadas. Ele disse que me amava e, para mim, todo o romantismo tinha ido pelo cano. Esperei exatamente dez minutos e disse que tinha de ir embora, que o ônibus estava me esperando. Insisti em acompanhá-lo até o ônibus. Dei-lhe um beijo rápido e o abracei. Disse-lhe que o amava, com os olhos semicerrados, imaginando um Javier que não existia, que eu tinha inventado.

Fui até o rio e atirei o celular na água. Encontrei minhas colegas, fingi que tinha me perdido, que havia sido assaltada e aproveitei a confusão para reclamar e chorar de raiva.

Naquela noite, saímos em Valdivia. Fomos a uma discoteca. Dancei muito, chacoalhando o corpo, e conheci um cara com quem fiquei porque gostei dele, porque ele agradou meus olhos. Trocamos beijos até ficarmos com calor e nos tocarmos por baixo da roupa, como eu sempre quis que fosse com Javier.

No dia seguinte, voltamos a Santiago. Peguei o trem e, quando cheguei em casa, minha mãe me perguntou como tinha sido a viagem. Boa, eu respondi. Arrumamos a mesa para fazer um lanche e comemos com a tevê ligada. Depois, eu disse que estava cansada e me tranquei no meu quarto.

Tirei a caixa onde guardava as cartas de Javier e as fitas que tinham suas mensagens de voz gravadas. Enrolei as fitas cassetes numa bola marrom irrecuperável e rasguei as cartas em pedacinhos muito pequenos. Então, enfiei tudo num saco de lixo e joguei fora.

Bem-vinda a San Bernardo

Na primeira vez que fui a San Bernardo com Lautaro, caminhamos por uma rua de velhas árvores com tronco grosso, em direção à praça. Numa esquina, um cara colocou um cabo num telefone público, pelo espaço onde caem as moedas. Ficou ali forcejando, uma dança precisa com o braço, e o telefone azul da Telefónica vomitou uma pilha de moedas de cem pesos. Lautaro se mijou de tanto rir. Olhou para mim e disse: "bem-vinda a San Bernardo."

Fomos a uma adega e Lautaro comprou uma garrafa de vodca laranja para mim, para me ensinar a tomar "bebidas de mina." Comprou um pisco para ele. Fomos até o centro cultural e lá nos jogamos no gramado, para nos beijarmos e nos movermos corpo a corpo, como se estivéssemos trepando. As pessoas passavam à nossa volta, mas não nos importávamos. Eu agarrava sua cabeça e a sentia muito pequena, assim como suas mãos e seu pênis. O corpo de Lautaro era como uma estrela: tornava-se cada vez mais estreito nas extremidades, nas pontas.

Naquela tarde ele foi me deixar, de trem, em Graneros. Nós nos despedimos na estação. Fui pegar o ônibus para Codegua, Lautaro comprou outra passagem e trocou de plataforma, para voltar para casa, para continuar bebendo. Sozinho, imagino.

A gente se encontrou, sei lá, quatro vezes, e eu fiquei entediada. Para mim, até aquele momento, as relações e amizades pela internet eram menos reais, eram tangentes que desapareciam quando eu desligava o computador. Então parei de procurá-lo, como alguém que muda de canal porque o programa estava chato. E pensei que ele achava o mesmo. Mas não. Lautaro se tornou insistente, telefonava para minha casa a qualquer hora, enviava e-mails longuíssimos em que falava a respeito do quanto trabalhava e estudava para construir um futuro — para mim e *para nossos filhos* —, e demonstrava seus atributos viris com fotos de cueca; argumentos que, em vez de me convencerem, me aterrorizavam. Depois de meses temendo que ele aparecesse na minha casa ou na saída da escola, escrevi-lhe o e-mail mais curto, honesto e eficaz que já escrevi: "Chega, Lautaro, prefiro comer cocô a estar com você."

O tempo passou e fui estudar Engenharia Química na Universidade de Santiago do Chile, realizando o sonho frustrado do meu pai de ser engenheiro. Do que eu mais gostava naquela época era chegar a um lugar novo, onde ninguém me conhecia e eu podia fazer livremente as coisas que pegam mal para uma mulher fazer, aquelas coisas que as monitoras do internato das meninas nos proibiam. Comia cachorro-quente com tudo dentro a qualquer hora, bebia até cair inconsciente e dormia com quem eu quisesse. E, no entanto — que é o que mais deixaria as monitoras loucas —, ainda tirava boas notas.

Também foi bom sentir o ar da intensidade política da universidade. As assembleias, os murais feios e combativos, as referências a Víctor Jara*. Aquilo que se aprende pelo fato de estar ali, matando hora deitada na grama, e não trancada na sala.

---

* Víctor Jara (1932-1973) foi um cantor, compositor e ativista chileno. (N.E.)

Outro troféu que guardo da Usach foi ter conhecido a Paty. Foi a primeira pessoa com quem falei e me aliei para não morrer no dia do trote. A Paty e eu éramos tão parecidas que as pessoas acreditavam que éramos uma única pessoa que respondia a nomes diferentes. Na verdade, a gente nem se parecia. A Paty morava com a família num apartamento gigante em Santa Lucia e seus pais eram empresários. Ela era do perfil que estudara numa escola particular de freiras, que teria preferido ingressar na Católica e que na candidatura às bolsas teve que diminuir a renda da família para receber um passe escolar. Da sua casa, me surpreenderam os crucifixos e o número de tênis que a Paty tinha. Da minha, ela disse, ficou surpresa com a biblioteca e a coleção de seixos ocos, trabalhados por algum povo nativo, que minha mãe desenterrava no quintal e depois ajeitava na sala de estar.

Enfim, nos tornamos amigas, melhores amigas, e, num fim de semana de agosto, quando fiquei na casa dela, saímos para comemorar o aniversário de um amigo do namorado dela. Pegamos um ônibus para San Bernardo, na estação Central. Fui com Chávez, um colega da universidade de quem eu gostava e com quem eu tinha tido um lance, que esperava repetir naquela noite.

Descemos do ônibus e caminhamos até a linha de trem. No caminho, fumamos um baseado pegajoso que me deixou vendo em câmara lenta, com espaços entrecortados, como se eu estivesse dentro do filme *Amnésia*.

Chegamos a uma casa de vila, uma daquelas típicas casas geminadas de um andar, construídas com tijolo estrutural, que têm uma janela e a porta na frente; essas casas de baixa renda, que são as mesmas em La Florida, Maipú e San Bernardo. Cumprimentamos as pessoas e especialmente o aniversariante.

Eu me apresentei com um beijo no rosto, dizendo: olá, Camila. E ele respondeu: olá, meu nome é Lautaro.

Meu cérebro parou e, ao mesmo tempo, começou a trabalhar muito rápido, estabelecendo relações e conclusões em poucos segundos. Pensei: quantos jovens você conhece que se chamam Lautaro? Quantos jovens você conhece que se chamam Lautaro e que também vivem em San Bernardo? Olhei para ele e, sim, era ele, mas com o rosto inchado e o cabelo cortado. Me fiz de sonsa. Sorri e me enfiei num canto para contar tudo dissimuladamente para a Paty, para pedir que ela me tirasse de lá, porque eu não sobreviveria se ficasse bebendo naquela casa.

A Paty foi para o outro lado da sala para conversar com seu namorado e, naquele espaço onde fiquei sozinha, Lautaro veio falar comigo. Ele disse muitas coisas, convidou-me para ir até seu quarto e ver o computador graças ao qual tínhamos nos conhecido, até o quintal para olhar alguns pesos que ele tinha comprado, até a cozinha para conhecer seus pais. E, entre todas as merdas que ele falou, do que mais me lembro é que no início ele disse: "olá, Camila, bem-vinda à minha casa, bem-vinda a San Bernardo."

Eu não entendia por que Lautaro estava lá se eu o excluíra do meu computador. Queria encolher dentro de uma garrafa ou me tornar invisível com um anel. De repente, vi Chávez, sentado na mesa da sala de jantar, bebendo de uma caneca e olhando para mim com ódio, como se falar com Lautaro fosse uma provocação, um insulto à sua masculinidade. O que aconteceu a seguir é confuso. Chávez jogou a caneca no meio da sala de estar e os pedaços e seus gritos foram se espalhando num efeito Matrix populacional. Lautaro se jogou em cima dele e estava tocando uma música *punk* e começou uma briga cuja coordenação consistia em chutar e dar porrada. Saí da casa. Corri pela rua até um ponto de fuga impreciso, enquanto alguém gritava meu nome. Só me lembro das velhas árvores de tronco grosso daquela parte de San Bernardo.

A cantina

O ministério me mandou a Cholchol para estudar a cantina de uma escola pública de ensino médio. Cholchol era então — e ainda é — uma pequena comuna rural, com ruas sem sinalização ou semáforos, cujo maior edifício era um armazém do Lily, o supermercado local. No entanto, o colégio formava os alunos para estudarem em cursos municipais e industriais, como Administração de Empresas ou Contabilidade.

Uma nova diretora tinha chegado ao colégio. Em educação, esse é um fator muito importante de melhoria, o segundo depois do professor. Entre as ideias brilhantes dessa diretora recém-chegada estava a de criar espaços de prática profissional a partir de uma cantina.

É por isso que eu estava lá, no aeroporto de Pudahuel, rumo a Temuco, enfrentando um dos meus primeiros empregos depois de sair da universidade e também uma das minhas primeiras viagens de avião. Antes, eu só tinha voado para Buenos Aires (para comprar livros, especialmente de Eric Hobsbawm) e fiquei impressionada com a cordialidade das aeromoças e a magnitude dos Andes. Até aquela primeira viagem, eu imaginava que a cordilheira era uma enorme letra A; uma espécie de pirâmide simples e breve, como a que uma criança desenharia. Quando a sobrevoei, eu não podia acreditar que era tão larga, tão rugosa. Eram fileiras e fileiras e cordões e cordões de montanha, agrupados lado a lado, como as colinas de areia que o vento penteia na praia.

O voo para Temuco foi curto, cerca de uma hora. Desembarquei ao meio-dia. No aeroporto, paguei um táxi e fui para Cholchol.

Eu não conhecia a Araucanía. Tudo que eu sabia sobre a região tinha ouvido no noticiário, que falava de fogo, armas e resistência. Ao sair do aeroporto, a paisagem parecia verde e calma e muito menos indígena do que eu esperava. A única coisa sobre os povos originários que encontrei foi uma simbologia na ponte para entrar em Temuco e algumas estátuas na praça do centro da cidade. Eu me perguntei onde estavam os mapuches raivosos que o noticiário mostrava.

A escola secundária de Cholchol, como todas as escolas públicas do Chile, ficava em frente à praça, num circuito de edifícios que incluía a prefeitura, a igreja e a delegacia. Quando entrei na escola, fui recebida pela diretora, uma mulher sorridente com cabelos loiros tingidos. Mais tarde, ela me diria que por dez anos havia sido a diretora de uma escola particular subvencionada. Naquela época (antes da grande reforma educacional) havia escolas privadas financiadas pelo Estado. Algo muito raro. Eu tinha estudado toda a minha vida nesse tipo de escola. As pessoas com dinheiro iam para escolas cem por cento particulares e as pessoas mais pobres estudavam em escolas públicas gratuitas. Aqueles de nós que estávamos no meio, estudávamos em estabelecimentos de financiamento misto. A diretora me explicou que ela viera para a escola pública em Cholchol porque estava prestes a se aposentar e queria doar seus últimos anos a uma causa social.

Depois de nos cumprimentarmos, a mulher me convidou para visitar a escola. Ela me mostrou, com orgulho, as mudanças que havia conseguido em apenas alguns meses: portas nos banheiros, instrumentos para a sala de Música e pintura das fachadas. Disse que tinha gastado todo o orçamento do ano. Para o próximo, ela queria comprar cortinas e plantar árvores. Ficou constrangida quando falou das coisas pendentes. Ninguém quer uma escola com carteiras riscadas, chão quebrado e crianças com ranho no rosto; mas ela estava motivada e isso, pensávamos no ministério, era suficiente para erguer uma escola.

Depois de uma breve volta, fomos ao seu escritório para a entrevista. Ela me serviu biscoitos Fruna e um chá que tinha gosto de papel. Conversamos sobre o projeto, sobre a ideia inovadora de que os alunos e alunas fizessem seu estágio profissional numa cantina escolar.

Enquanto a diretora falava, especulei sobre a cantina. Eu a imaginava como a sala de recreação da minha escola particular subsidiada, que chamávamos de cantina. Era uma sala ampla, iluminada, onde nos sentávamos para ver tevê ou jogar cartas. A mulher da cantina vendia doces e cachorros-quentes. Comprar um daqueles lanches no recreio era sinal de opulência. Eram deliciosos. A maionese era Hellmann's, o pão Ideal e o abacate cremoso. Até hoje essa mistura me parece a mais perfeita para preparar um bom cachorro-quente.

Fui ponto a ponto aplicando o questionário à diretora, enquanto tentava engolir meu chá. Quando terminei as perguntas, pedi-lhe para conhecer a cantina.

— Ah, claro — disse ela. — Primeiro vou te levar para conversar com o professor de Contabilidade.

Estava dentro dos meus planos entrevistar esse professor, que era um daqueles que, segundo me disseram, incorporou a prática da cantina nas suas aulas teóricas. Antes eu precisava, ou queria, olhar a cantina. Mas a diretora saiu determinada a procurar o professor e não me deu tempo de contradizê-la.

Caminhamos por um corredor estreito e escuro. Toda a escola era uma espécie de labirinto de madeira. Tinha sido expandida sem planejamento e havia salas anexadas a corredores que não levavam a lugar nenhum. Parecia uma invasão de terras e não uma escola. Havia lixo nos cantos e as janelas tinham desenhos de pênis e confissões amorosas. Algumas crianças corriam entre os pavilhões de madeira, como vira-latas, selvagens e inocentes.

Chegamos ao pavilhão do terceiro ano do ensino médio, e a diretora bateu na porta e abriu sem esperar por uma resposta. Entramos numa sala de aula com dez alunos (não havia mais, tenho certeza, naquela época a matrícula das escolas públicas estava caindo). Havia mais meninas do que meninos. Eram adolescentes e estavam sentados na frente de equipamentos que eram a versão mais primitiva e volumosa de um computador. As telas pareciam micro-ondas e os processadores, malas de viagem. Nas telas havia uma folha de Word em branco.

O professor estava sentado na frente, diante dos alunos. Na verdade, ele estava recostado sonolento na única cadeira estofada da sala.

— Estamos aprendendo a montar um currículo — disse o professor, com a energia de alguém que tem de acordar cedo e quer continuar dormindo.

O ar estava tenso, como se ninguém falasse há horas. Olhei para o relógio e calculei que a aula tinha começado fazia cinquenta minutos. Eles estavam na sala havia quase uma hora e as telas ainda mostravam folhas em branco.

Apresentei-me e a sala me cumprimentou sem vontade. A diretora explicou ao professor que eu era assistente social do

Ministério da Educação e que precisava fazer uma entrevista "muito curtinha" na biblioteca. Quando saímos, os estudantes ainda estavam lânguidos, como se, em vez de adolescentes, fossem desenganados de um asilo.

A biblioteca era uma sala pequena, com seis estantes. Olhei para os títulos e encontrei os clássicos, Gabriel García Márquez, Miguel de Cervantes e Gabriela Mistral. Havia poucas cópias de cada um e muitas enciclopédias *Oceano* e dicionários *ZigZag*. Os livros pareciam novos, e isso me surpreendeu. Uma biblioteca desgastada é muito menos triste do que uma biblioteca impecável e sem uso.

A entrevista foi curta. O professor falava em monossílabos e era ruim em formular frases ou analisar sua prática pedagógica. Era como se ele nunca tivesse se sentado e pensado no seu próprio trabalho. Ele se expressava tão mal que não parecia uma pessoa que trabalhava diariamente expondo ideias em público. Apliquei o questionário rápido e marquei a ponta da folha com um X, para lembrar que tinha sido terrível e que talvez eu devesse descartá-la.

Quando terminei, o professor me acompanhou até o escritório da diretora. Lá, arrumei minhas coisas e perguntei onde ficava o banheiro. A diretora me ofereceu o dela com grande hospitalidade. Era para seu uso privado. Quando entrei, encontrei um espaço pequeno, mas com um cheiro bom. Havia papel, sabonete e até uma toalha. A diferença em relação ao banheiro dos alunos me impressionou. Pensei: a dignidade de uma escola pode ser medida na limpeza dos seus banheiros.

Saí e a diretora me convidou para ir ao outro lado do colégio, para procurar o tio Manolito, um homem moreno com uma capa azul, que finalmente nos levaria à cantina. Caminhamos até um pequeno pátio e encontramos Manolito dentro de uma sala construída com MDF. Ele bebia chá de saquinho e polia algumas ferramentas. Assim que nos viu, limpou o rosto com a manga, pegou um chaveiro que estava sobre a mesa e, com uma atitude prestativa, convidou-nos a segui-lo.

Entramos em outro corredor, tão estreito e úmido quanto os outros, e aparecemos num terceiro pátio, um descampado de terra. Algum dia, disse a diretora, esperavam construir o ginásio da escola ali. Queriam começar fazendo um telhado alto, semelhante a um galpão, para que as crianças tivessem um lugar para brincar em dias chuvosos. No meio daquele terreno baldio, como uma palmeira numa ilha, estava a cantina.

Quando a vi, senti uma pontada no peito e meu rosto ficou quente. Tive que disfarçar o espanto. Era uma caixa de lata menor do que as bancas que vendem jornais e revistas na rua. Estava muito mal pintada, com têmpera amarela, vermelha e verde, e já estava descascando. Parecia um banheiro químico esquecido num descampado. Quanto mais nos aproximávamos, mais desconforto eu sentia e mais me custava encontrar algo a dizer.

— Os próprios alunos pintaram — disse a diretora, olhando para a cantina.

— Muito bom — eu disse, do modo mais convincente possível.

— Quer vê-la por dentro? — ofereceu Manolito, introduzindo uma chave no cadeado que enlaçava a correia de segurança.

Disse que sim com a cabeça. Manolito abriu a porta e lá dentro o panorama foi pior. Era escura e cheirava a suor. Era tão minúscula que mal cabia uma mesa. Reparei no chão, algumas tábuas de madeira velhas e desbotadas. Numa das paredes de latão, havia uma folha de caderno universitário, que dizia LISTA DE PREÇOS e detalhava: batatas fritas, bebidas, biscoitos, suflê. Nada custava mais de trezentos pesos.

— É boa, não é? — disse a diretora.

Fiz que sim novamente com a cabeça e me esforcei para sorrir.

*

Naquela tarde, entrevistei três alunas do terceiro ano do ensino médio que estavam fazendo seu estágio na cantina. As três eram internas no colégio. Eram morenas, gordinhas e com sobrenomes mapuches. Duas já tinham tido filhos, a outra queria ganhar uma bolsa e ir estudar em Puerto Montt. Eram lindas e selvagens, como as flores amarelas que cresciam na beira da estrada. Eu as acompanhei a tarde toda e as vi vendendo suflês e chocolates, anotando o fluxo de caixa num caderno e organizando seus produtos num suporte de plástico muito pequeno. Seus colegas de classe as chamavam de "gerentas" e elas sorriam quando ouviam esse apelido. Eu tinha vergonha de estudá-las, de traduzir suas vidas em termos teóricos. Apliquei o questionário de perguntas a elas com a maior insensibilidade que pude, como um médico que separa o corpo do paciente da identidade da pessoa.

*

Depois dessa primeira viagem, fui várias vezes a Araucanía e vi cenas e conheci gente de quem ainda me lembro. Estive em escolas de Nueva Imperial, Freire e Puerto Saavedra. Encontrei os mapuches dos noticiários nos sobrenomes das listas de honra das escolas públicas de ensino médio. Marinao, Catrileo, Traipi. Todos muito morenos, todos com média sete. Conversei com uma menina cujo pai trabalhava numa empresa florestal e sua mãe era líder da sua comunidade. Vi um homem construir uma *ruka**** com as próprias mãos e um menino de dezesseis anos nadando num rio de água fria e transparente. Dirigi por horas, observando florestas de murta e o reflexo do sol em Budi, o único lago salgado da América Latina. E toda vez eu tinha que aplicar a mesma técnica medicinal: dissociar os contextos e os termos teóricos dos nomes e das pessoas.

*

Quando terminei os questionários de que precisava, fui ao escritório da diretora da escola de Cholchol para me despedir. Ela me abraçou apertado e me assegurou que eu poderia voltar quando quisesse.

Saí do colégio e caminhei até a única bomba de gasolina da cidade, para perguntar como voltar para Temuco. O pouco que sabia sobre Cholchol era que ali eu nunca conseguiria pegar um táxi. Um jovem frentista me explicou que o último ônibus já havia passado, mas que, se eu parasse na beira da estrada, alguém poderia me levar. Foi o que eu fiz. Esperei, vendo as pessoas passarem, a pé ou de bicicleta, andando como se a vida fosse sempre domingo. Uma hora se passou e uma senhora de cabelos grisalhos parou para esperar comigo. Quase às seis da tarde, uma caminhonete branca parou. Nós entramos. Ela no banco do passageiro e eu atrás. A senhora e o motorista não se conheciam, mas conversavam como amigos íntimos. Viajei sem falar, ouvindo suas risadas e olhando pela janela, admirando o céu e o verde inevitável da Araucanía.

*** Casa tradicional dos mapuches, construída com materiais naturais como madeira e colmo. (N.E.)

29 de fevereiro

Eu tinha doze anos quando a puta da Carola veio morar na minha rua. A família dela alugou a casa em frente ao Pany, que na verdade se chamava José, mas nós o chamávamos assim porque a mãe dele vendia pão caseiro. Consequentemente, toda a família tinha se convertido em diferentes tipos de pão: havia o filho mais velho, alto e magro, que estudava para entrar na aviação, o Baguete. Depois, a única filha, que fazia uma trança com uma fenda marcada no meio, a Bisnaguinha. E, finalmente, o mais novo dos irmãos, pequeno e redondo: o Pãozinho Caseiro, vulgo Pany. Minha irmã me deu a notícia com um tom de voz irritado. Perguntei a ela quem era a puta da Carola, e por que ela estava com tanta raiva. Porque ela é uma puta, minha irmã disse, ela beija e se esfrega com todos os garotos das vilas, ela os faz cair um a um, todo mundo sabe disso. Eu não sabia, eu disse. Bem, você vai ver, minha irmã respondeu.

Naquela época, eu morava com minha família em Talagante, uma cidadezinha nos arredores de Santiago onde os maiores eventos aconteciam na primavera, quando se realizava o desfile de Quasímodo* ou chegavam circos com animais

---

[*] A festa de Quasímodo é uma expressão da religiosidade popular do Chile Central que teve início no século XIX e se celebra durante a Semana Santa. É constituída por uma delegação, a qual acompanha um sacerdote para entregar a comunhão aos doentes em casa. (N.T.)

tristonhos, onde o dono do supermercado, do rádio e da escola mais caros era tão famoso quanto o prefeito, onde era fácil encontrar as amigas no ônibus ou na praça central, tomando sorvete numa tarde de domingo. O bairro em que eu morava ficava perto de um pântano, que por sua vez ficava perto de uma floresta de eucaliptos, na qual entrávamos para brincar de que fugíamos de alguma bruxa. Nas manhãs de sábado se ouviam pelas ruas os gritos de um homem oferecendo frutas em cima de uma carroça arrastada por um cavalo. Lá eu cresci, e achava que aquilo era a vida. Ao longo dos anos, descobri que a única coisa que as cidades grandes e as pequenas têm em comum é que toda avenida principal tem o nome do libertador, Bernardo O'Higgins, e que cada praça que se preze tem um busto militar de Arturo Prat no qual subir.[**]

Meu bairro era composto de várias fileiras de ruas longas e estreitas. Cada rua facilmente agrupava quarenta casas, que se tocavam como os dedos de uma mão fechada. Eram pequenas casas nas quais, às vezes, mais de uma família vivia. Minha casa era branca e meus pais tinham construído um segundo andar com varanda. Era uma casa que se destacava. Éramos os "milionários" da rua. Até que meu pai foi despedido do emprego. Aí começou o período de crise que toda família já viveu. Foi no início daquele verão austero que a puta da Carola entrou na nossa vida.

A Carola era mais velha que eu, estava no ensino médio. Diziam que ela havia perdido a virgindade aos doze anos com um professor em Santiago. Diziam que ela já tinha ficado grávida e

---

[**] Bernardo O'Higgins (1778-1842) foi um líder militar e político chileno, considerado uma figura central na independência do Chile do domínio espanhol. Já Arturo Prat (1848-1879) foi um herói naval chileno, conhecido por sua destacada atuação durante a Guerra do Pacífico (1879-1884) entre Chile, Peru e Bolívia. (N.E.)

feito um aborto. Diziam que, de tantas vergonhas, sua família havia escapado para longe, para Talagante. Diziam infinitas coisas, eu nunca soube quais eram verdadeiras e quais não eram.

Na minha rua havia muitas famílias, também muitas crianças com quem sair para brincar. Minha irmã era especialmente sociável e rueira. Lembro-me da minha mãe de pé na grade do portão que dava para a rua, já à noite, gritando o nome da minha irmã para entrar, ela demorava a aparecer, até que saía de uma casa aleatória, com os joelhos pretos e os cabelos bagunçados. Eu, por outro lado, saía para brincar apenas se a Katty, minha única amiga, estivesse lá. Brincávamos sozinhas, ou em grupo, de jogar bola, de esconde-esconde ou de trocar figurinhas. Eu era quieta, tinha vergonha de falar com as pessoas, tinha medo de dizer algo muito chato ou muito bobo. É por isso que eu me apoiava na Katty ou nos meus diários.

Naquela idade, meu diário era um registro do progresso amoroso com o Mario: hoje ele me pegou quando estávamos brincando de pega-pega, hoje ele me deu um tropeção, hoje eu o chutei. Uma noite eu escrevi — como se fosse um grande negócio — que ficamos de mãos dadas. Estávamos brincando de bola esconde-esconde na frente da casa da Katty. Sua casa era a única que não tinha grades, então usávamos seu pátio como centro de operações, como uma ágora infantil. O irmão mais velho da Katty chutou a bola e corremos para nos esconder. Ficamos atrás de um carro velho. Era de noite e estava escuro. Fiquei sentada do lado do Mario e senti nossos dedos se roçando. O momento foi muito emocionante e superou qualquer expectativa, quando, de repente, ele pegou minha mão. Ficamos assim, enlaçados, até que o irmão de Katty nos encontrou e tivemos que correr. À noite, quando eu já estava em casa, trancada e sozinha no meu quarto, tirei o diário do seu lugar secreto — debaixo do colchão — e comecei a escrever tudo. O encontro me lembrou de uma cena do diário de Anne Frank, que havíamos lido no ano anterior na escola. Aquela parte em que ela narra como está sentada no sótão com um menino e ele sem querer toca seu peito e depois eles se beijam. Sublinhei o parágrafo, era a coisa mais erótica que já tinha lido na minha vida. Anne escreveu: "Oh, que delícia! Eu mal conseguia falar, tão grande era o meu prazer." Naquela noite, senti-me semelhante e escrevi a citação no meu diário. Eu estava andando nas nuvens, não sabia interpretar o gesto do Mario. Pensei que talvez ele também gostasse de mim e, aos doze anos de idade, essa era a coisa mais próxima da felicidade.

Uma semana depois da sua chegada, minha irmã e a Carola já eram amigas. Descobri isso uma noite, quando, na hora do noticiário, a famosa Carola foi até minha casa procurar minha irmã para sair. Eu as vi da janela do meu quarto, no segundo andar. Estavam com os lábios pintados, foi a primeira vez que vi minha irmã com tanto vermelho na boca.

Naquela noite, preferi não sair, a Katty não estava. Vi o Mario passar e ele se juntou ao grupo da minha irmã e da Carola. Eu os espiei por um tempo pela janela, até que tive a impressão de que eles me viram e me escondi. Escrevi no diário: hoje vi o Mario na travessa conversando e rindo com a puta da Carola. Então colei uma figurinha que representava meu humor: uma coruja com os olhos caídos, que dizia "dia triste."

Naquele verão austero, não pudemos sair de férias. Em vez de uma viagem, meu pai gastou suas economias instalando uma piscina de plástico no quintal. Era redonda e tinha animais estampados na borda. Era tão pequena que eu fiquei envergonhada de que as outras crianças soubessem que essa era a única piscina que podíamos comprar. Então não convidava ninguém para tomar banho de piscina comigo. Naquele ano, a Katty saiu de férias, foi por três semanas para a casa dos avós em San Antonio. Quando eu ia à casa dela, dizia que minha família e eu não poderíamos viajar no verão, esperando que os pais da Katty tivessem pena de mim e me convidassem para ir com eles. Mas não consegui sensibilizá-los e me conformei que passaria as próximas três semanas trancada, fazendo todo tipo de atividades ociosas, esperando a Katty voltar.

No primeiro dia sem a Katty, reli várias passagens do diário de Anne Frank e me lembrei de que ele tinha um nome. Pensei que devia batizar meu próprio diário, então percebi que a Pascualina já tinha nome e no fundo eu contava a ela todos os meus rolos de amor. Em vez de confiar meus segredos à minha mãe ou a uma menina da minha idade, eu dialogava com a caricatura de uma pequena bruxa, o que era muito simpático ou muito patético.

Para matar o tempo, também juntei latinhas de bebida vazias. Eu ia para outras ruas e as pegava no chão ou no lixo dos armazéns. Eu as lavava e depois as empilhava na borda da janela do meu quarto. Da rua, parecia uma placa de madrepérola. O ruim era que, quando o vento soprava, minha cortina da janela balançava e fazia todas as latas caírem, fazendo uma bagunça escandalosa. Uma tarde, minhas latas acordaram meu pai da sua soneca e eu tive que me esconder debaixo da cama para escapar da bronca.

Enquanto eu me recluía, esperando pela Katty, minha irmã saía cada vez mais com a Carola. Elas iam para a casa dela, para a praça ou conversavam do lado de fora da casa da Katty. Quando minha mãe a mandava lavar a louça ou varrer a garagem, minha irmã ia procurar a Carola e fazia essas tarefas conversando com ela, morrendo de rir. Eu tinha vergonha de ficar com elas, intuía que elas falavam de homens; e eu, a única coisa que tinha feito era dar as mãos para alguém. Eu pensava, sem esperança, que mesmo Anne Frank — uma garotinha nos anos 1940 — tinha mais experiência sexual do que eu. Eu pensava que ia morrer virgem ou solteira, que ninguém me amaria quando adulta e eu nunca conseguiria me reproduzir.

Às vezes, minha irmã tinha um repente de generosidade e me convidava para sair com ela. Eu ficava com medo e vergonha, seus amigos eram mais velhos, eu me sentia muito tonta e criança para estar entre eles. No fundo, eu queria conhecer gente, mas não sabia como lidar com pessoas desconhecidas, então dava desculpas para ficar em casa e fingia que estar sozinha era o que eu preferia fazer. A única pessoa que me dava confiança para enfrentar o resto era a Katty e, como ela não estava lá, eu ficava esperando seu regresso para sair outra vez.

Na segunda semana sem a Katty, peguei um caderno escolar com folhas em branco e comecei a fazer caligrafia, para aprender a escrever com a mão esquerda e ser ambidestra. Treinei por cinco dias, sem sucesso. Então ligava o rádio e punha uma fita virgem, com os botões "rec" e "pause" pressionados ao mesmo tempo, esperando que uma das minhas músicas favoritas tocasse, para gravá-la e depois ouvi-la sempre que eu quisesse. Também desenhava ou escrevia. E, quando eu ficava entediada com tudo isso, vestia um maiô e mergulhava na piscina. Como eu estava sozinha, inventava brincadeiras, como contar quanto tempo eu conseguia ficar sem respirar debaixo d'água ou se era possível que um pouco de água entrasse na minha vagina se eu exercitasse um músculo específico na virilha. Estendia minha toalha nas lajotas enceradas da garagem e jogava cartas, e era divertido ver que eu podia ganhar, perder e me enganar sozinha. Era tedioso gastar os minutos do verão, mas o tempo ocioso tem a particularidade de ser rápido em sua densidade, e eu nem percebi quando duas semanas já tinham se passado e a Katty estava prestes a voltar. Na última semana, eu me diverti desenhando cartões de países para aprender geografia, imaginava que aprender esses dados me tornaria mais inteligente. Procurei as informações numa antiga enciclopédia que havia na sala de estar da minha casa. Selecionei os países em ordem alfabética: Afeganistão, Albânia, Alemanha, e assim por diante. Lembro-me de que desenhava a bandeira, a capital, a sua localização geográfica e a data da sua independência. Quando a Katty regressou da praia, eu tinha chegado a Portugal.

Vi o Lada do pai dela estacionado e corri para encontrá-la. Viemos para a minha casa e nos trancamos no meu quarto, ela me disse que na sua viagem havia conhecido um menino. Ele é loiro de olhos azuis — ela gritou, abraçando um coelho de pelúcia —, dá pra acreditar? Mostrou-me uma pulseira feita à mão que ele tinha dado a ela e disse-me que tinha seu endereço para lhe enviar cartas, porque ele era de Concepción. Propus que escrevêssemos uma. Pegamos uma folha da minha pasta de papéis de carta e borrifamos colônia nela. Plagiamos citações de Anne Frank e de uma revista *Miss 17* e, em seguida, colamos adesivos da minha agenda. Pegamos dois adesivos em que aparecia um garotinho, com as frases "meu amor por você é grande e gordinho" e "essa garotinha te adora." Combinamos de ir pôr a carta no correio no dia seguinte.

Naquela tarde, a Katty ficou para lanchar com minha família. Minha mãe fez sanduíches de atum, cebola e maionese. Estávamos na sobremesa, conversando com a tevê ligada, quando a Carola veio procurar minha irmã. Não sei como a Katty se convidou e acabamos saindo nós quatro. Eu estava nervosa, ia sair para fora e reencontrar as pessoas da rua novamente depois de ter me recolhido por quase um mês.

Assim que me aproximei do grupo, senti uma coisa estranha, como se algo tivesse sido radicalmente quebrado ou mudado. Nós não jogamos bola de esconde-esconde como eu esperava, para apertar a mão do Mario novamente. Em vez disso, nos instalamos na praça. A Carola pegou um maço de cigarros e todos fumaram, até a Katty. Quando a Carola me ofereceu, eu disse que não, olhando para minha irmã de soslaio. Depois de um tempo, o Mario chegou com seus amigos. Eu o vi se aproximar, mas ele nem olhou para mim. Quando chegou ao grupo, aconteceu o que mais me incomodou: as meninas cumprimentaram os meninos com um beijo no rosto, como quando se cumprimentava algumas tias ou os pais. Eu não entendia nada. Eu ainda segui o roteiro da saudação e senti uma breve eletricidade quando a bochecha do Mario roçou a minha. Depois o irmão da Carola, o Camilo, apareceu e beijou minha irmã na boca. Era a primeira vez que a via fazendo algo assim. Agi como se fosse natural, mas por dentro eu estava queimando de desconforto. Eu não queria estar lá, não queria ficar ali de pé, conversando, segurando minha tosse por causa da fumaça do cigarro. Eu queria correr e me sujar de terra. A Katty contou os detalhes da sua viagem à praia para todos. Eu me senti enganada. Por que ela fazia isso se *eu* era sua amiga? Para piorar a situação, o Mario se afastou de mim, ficou do lado da Carola e falava no seu ouvido e os dois riam, cúmplices. Nem mesmo nas três semanas em que estive sozinha fiquei tão chateada. Tudo que eu queria era ir embora. Quando finalmente nos despedimos, houve beijos no rosto novamente. Eu não dei nenhum. Caminhei em silêncio até minha rua e, quando cheguei à frente da minha casa, entrei rápido, sem me despedir de ninguém. Tranquei-me no quarto. Escrevi apenas uma frase no meu diário: dia ridículo. Depois me enfiei na cama, me cobri completamente com as cobertas e adormeci.

Naquela época, minha irmã e eu éramos tão diferentes que não parecíamos irmãs. Ela era muito abusiva: roubava minha mesada, quebrava meus brinquedos, dizia que eu era adotiva. Mais do que minha irmã, era minha rival: eu tinha que cuidar para ela não roubar minhas coisas e também precisava evitar cometer seus erros, para não decepcionar meus pais. Ela era habilidosa em fazer amigos, eu passava o tempo na janela vendo as outras crianças saírem para brincar. Ela beijava em público, eu com sorte tinha roçado uma mão. Ela ouvia cúmbia ou hip-hop, eu ouvia rock e sentia que seu estilo musical era uma vergonha. Éramos tão diferentes que uma amizade me parecia impossível.

O que mais me surpreendia era sua integridade para lidar com o que, naquela idade, me parecia o pior fracasso: ter repetido uma série. Eu sentia um prazer mórbido em ser estudiosa. Colava minhas boas notas na porta da geladeira para meus pais verem, sabia que assim conseguia a atenção e o carinho deles. Minha irmã conseguia tudo o que se propunha a fazer sendo bonita. Suas sardinhas e seu sorriso eram a arma com a qual ela seduzia a todos, adultos ou crianças. Rezava a lenda que, quando bebê, ela era tão fofa que as pessoas lhe davam moedas na rua. Minha irmã se sentia linda e isso a deixava confortável em qualquer situação. É por isso que tinha tantos amigos, é por isso que não tinha dificuldade em encontrar o amor.

O primeiro amor que me lembro que ela teve foi o Camilo, o irmão da Carola. Quando o verão estava acabando, ele começou a ir muito à minha casa. Eles passavam tanto tempo juntos que minha irmã começou a se afastar da sua — naquela época — cunhada. Eu não entendia o relacionamento deles, não entendia o que havia de divertido em ficar trancada e deitada na cama em pleno verão. Minha mãe me mandava ir pegar louça suja no quarto da minha irmã e quando entrava os via cobertos com mantas, mal aparecia a cabeça deles. Embora isso me parecesse suspeito, eu não dizia nada. Eu nunca dizia nada, mas escrevia tudo no meu diário.

Gostava do Camilo, acho que meus pais também. Ele levava seu Super Nintendo para minha casa e me ensinava truques para jogar Mario Bros. Passei várias tardes deitada no sofá, jogando sozinha, enquanto minha mãe passava roupa no quintal e o Camilo se trancava com minha irmã. Às vezes ele descia para jogar comigo, porque minha irmã ficava irritada e o punha para fora do quarto. Eu não entendia por que eles brigavam se eles se amavam; e também não entendia por que eles se amavam se brigavam tanto.

Acho que foi na última semana de fevereiro, quando estávamos prestes a voltar para a escola, que tive uma briga com alguém que eu amava. A culpa foi da Carola.

Fui ver a Katty na casa dela. Jogamos escopa com um baralho espanhol e chupamos limão com sal. Ela me disse que a Carola ia comemorar seu aniversário. Ia fazer dezesseis anos, seus pais iam deixá-la sozinha em casa para fazer o que quisesse. Toda a rua estava à espera de um convite e ela não os decepcionou: convidou o clã do pãozinho amassado, a Katty e seus irmãos, o Mosca, minha irmã, os skatistas da outra rua, o grupo do Mario e o Mario, é claro. Fiquei emocionada quando a Katty disse o nome do Mario, eu o via tão pouco, toda vez que eu ouvia seu nome ele revivia em mim. Também vai gente de outros lugares onde a Carola morou, incluindo Santiago, acrescentou a Katty. Quer dizer, vai ser monumental.

Tinha vergonha de ir à festa e contei para a Katty. Ela insistiu para me convencer, dizia que íamos comprar roupas e maquiagem, que poderíamos parecer mais velhas e talvez "agarrar alguém" naquela noite. "Que fim mais feio", eu disse. A Katty me chamou de bobona, expliquei que não era aquilo, que eu não queria beijar sem estar apaixonada, e ela começou a me perguntar se esse amor existia, se eu gostava de alguém, se era conhecido. Ela lançou nomes diferentes e eu não soube mentir quando ela falou Mario. Fiz um silêncio óbvio demais. Aí vem a parte feia. Quando eu disse: "sim, é o Mário", ela começou a rir, dizendo, mas como, é verdade? Fiquei chateada, o que há de engraçado nisso? Ela ria e ficava dizendo não posso acreditar, não posso acreditar. Por quê? E ela: porque ele é tão pardo, como você pode gostar dele?

Fiquei paralisada, não soube como reagir. As respostas me ocorreram horas, dias, semanas depois. Eu podia ter dito: "E o que importa se ele é moreno, se sou eu que gosto dele?" ou "Eu também sou *chola*."*** Fiquei em silêncio. Pedi a Katty que mudasse de assunto, brincasse de alguma coisa, mas ela continuou rindo, estava tendo uma espécie de ataque. "Que chata", eu disse. Peguei minhas coisas e fui embora. "Não vá", ela disse, "deve estar muito escuro". Fiquei mais irritada e fui embora batendo a porta.

Foi a primeira vez que brigamos. Cheguei em casa chorando. Minha mãe me perguntou o que havia de errado comigo,

---

[***] *Cholo*: no Chile, mestiço de sangue espanhol e indígena (ameríndio). (N.T.)

eu não disse nada, só queria abraçá-la. Ela me deixou estar assim, com a cabeça entre suas pernas, enquanto suas mãos percorriam meus cabelos. Pedi que ela não dissesse nada para minha irmã, e ela, doce, disse que sim.

Quando chegou o fim de semana da festa, minha irmã me perguntou se eu ia, eu disse que não, e ela: "por quê, se a Carola te convidou?" Menti para ela, disse que estava passando mal, que minha cabeça doía. Eu me tranquei no quarto até ouvi-la sair e então ouvi a cúmbia**** ressoando na minha janela até o amanhecer. Ouvi as risadas enquanto chorava. Eu nem queria olhar pela janela. Estava no escuro, brincando com uma lanterna até ficar com sono. Nunca tinha me sentido tão sozinha.

No dia seguinte, não havia ninguém na rua. Era domingo e a travessa estava deserta. Acho que quem foi para a festa dormiu até tarde. Eu não tive coragem de ir ver a Katty, não sabia o que lhe dizer e esperava um gesto seu. Decidi escrever. Fiz duas cartas: uma para a Katty e outra para o Mario. A ela, eu dizia "te amo, mesmo que você ria de mim, me deixa triste não vê-la." A ele: "eu te amo, tenho vergonha de dizer isso pessoalmente." Em cada folha, colei um adesivo: o desenho de um lagarto que dizia "desculpe" e o de um corvo que dizia "eu sou muito tímido."

Deixei o sol se pôr e saí para entregar as cartas. Eu estava me aproximando da casa da Katty quando a vi andando com a Carola. Fui mais para perto e me escondi atrás de um poste e olhei para elas de lá. Eu as vi entrar na casa da Katty. Esperei

---

[****] Cúmbia é um gênero musical e uma dança originários da Colômbia, mas também popular em outras regiões da América Latina. (N.E.)

um pouco e elas não saíram de novo. Achei estranho, o que elas estavam fazendo juntas? As possíveis respostas me assustaram. Senti como se a Katty tivesse me substituído, senti uma queimação no peito. Decidi não lhe dar a carta e rasguei-a ali mesmo. Depois, caminhei até a casa do Mario. Eu estava com medo, mas já tinha revelado meu segredo. Pensava na morte de Anne Frank e isso também me dava força. Fantasiava a possibilidade de que algo assim acontecesse no Chile e que no meio da guerra eu nunca fosse capaz de expressar meus sentimentos para as pessoas que eu amava. Nem deixei que Laika, a pastora-alemã da casa do Mario, me intimidasse. Beijei o envelope, joguei-o com força pela cerca e corri para casa.

Esperei alguns dias para que a Katty viesse me procurar, mas isso não aconteceu. Eu também sonhava que o Mario lesse minha carta e se emocionasse ao saber que nós nos amávamos da mesma maneira. Imaginei que ele viria à minha casa e me beijaria de pé junto à cerca. Isso também não aconteceu. Via a Katty e o Camilo passarem pela rua com minha irmã, a Carola e o resto do pessoal. Eu os espiava atrás do meu vitral de latas de alumínio e desejava que o verão terminasse logo, que voltássemos à escola de uma vez por todas.

Dias depois da festa, eu saí para comprar presunto para o lanche. Naqueles últimos dias de férias, com sorte eu ia à vendinha da esquina. Também não escrevia no meu diário, não tinha nada para contar. No caminho, passei pelos amigos do Mario e os ouvi rindo e sussurrando. Quando voltei, eles fizeram o mesmo e notei que eles estavam olhando para mim. Então entendi: o Mario tinha contado a eles ou, pior ainda, mostrado minha carta. Eu me senti a mais estúpida da rua, do bairro, do mundo. Eu me esconderia na minha casa, pediria para ser mandada para o internato, deixaria a cidade para sempre.

Enquanto planejava uma fuga, me resguardei na minha casa. Mas lá o clima também começou a ficar pesado. Quando minha irmã não estava, minha mãe entrava no seu quarto e fuçava nas suas gavetas. Lembro-me dela conferindo suas calcinhas ou sentada ao pé da cama, olhando para a parede. Houve também diálogos que foram interrompidos quando eu apareci, que decifrei vários dias depois, em que minha mãe rangia os dentes e minha irmã, tão menina, abaixava a cabeça.

O último dia de férias foi um domingo, 29 de fevereiro. No dia seguinte, março começaria e as aulas teriam início. A vida no bairro seria reduzida e, finalmente, eu veria minhas outras amigas.

Sempre foi difícil para mim entender o ano bissexto. Lembro-me de quando a dona Luisa nos ensinou que a Terra leva 365 dias e seis horas para dar a volta ao Sol. Ela desenhou uma imagem de giz no quadro-negro e disse: "como não pode haver dias de seis horas, essas horas são guardadas e assim, a cada quatro anos, ela aparece em 29 de fevereiro e temos anos que duram mais um dia". A explicação não me satisfez. Onde essas horas são armazenadas? Como sabemos que estamos vivendo as seis horas certas e não outras, de anos anteriores ou de um dia de outubro? Nenhum adulto soube me responder, muito menos a dona Luisa, quando perguntei em sala de aula. Ela ficou com raiva porque queria avançar na matéria e eu insistia que deveria haver uma espécie de caixa de espaço que armazenasse as horas. Ela respondia, não existe essa caixa, as horas se acumulam e ponto-final. Mas como tem tanta certeza? Insistia. Porque eu sou a professora, ela finalmente disse e encerrou a discussão.

Penso em cada 29 de fevereiro como uma data incomum. Como se tudo o que aconteceu naquele dia fosse um bônus, um parêntese do qual poderíamos prescindir. Um dia extra de verão, mais um dia para evitar a escola. Um dia adicional em que os adultos se reúnem na sala de estar da minha casa e decidem o futuro de um casal de adolescentes. Um dia inesperado quando a Katty vem me procurar para me propor um final.

Acordei de manhã e desci para o banheiro. Fiquei surpresa ao ver os pais da Carola e o Camilo sentados na sala, tomando café com meus pais. Minha mãe pediu que eu ficasse no meu quarto, mas eu consegui descobrir o que estava acontecendo: fui até a cozinha para preparar lentamente um pãozinho. Comi-o sentada nas escadas e depois me tranquei no banheiro, demorando todo o tempo do mundo antes de dar descarga e entrar no banho.

Ouvi o pai do Camilo dizer "caiu como uma bomba d'água." Meu pai falava de casar e morar juntos. Minha mãe, que o pai da noiva paga o casamento. A mãe dele, que criara sozinha a primeira filha. Ouvi gritos e rabiscos. Quando saí do chuveiro e fui para as escadas, a cena que encontrei foi: os adultos de pé, gritando uns com os outros e levantando as mãos; minha irmã e o Camilo se beijando num canto.

Passei o resto da manhã no meu quarto, conforme solicitado. Finalmente eu tinha algo para escrever no meu diário. Na verdade, só anotei um sentimento: dia estranho.

Naquele 29 de fevereiro, eu soube que seria tia. Ninguém me contou, mas era óbvio. Eu não entendia muito bem as consequências disso, mas sentia que não era bom. Meu pai ficou muito deprimido, e minha mãe fazia uma careta toda vez que o assunto era mencionado. Na rua, os rumores sobre a Carola ficaram em segundo plano e o protagonismo passou a ser da minha irmã, dos meus pais, da minha família. Quando a barriga começou a ser notada, minha irmã se isolou e não saiu mais para a rua. Tentava esconder uma notícia que as quarenta casas da rua conheciam e que nos ressoavam como um terremoto que demole algo intangível: a calma, a segurança, a alegria.

Quando março chegou, minha irmã foi morar na casa do Camilo e não frequentou mais a escola. Nunca terminou o curso. Quando o bebê nasceu, ela se dedicou a pôr em prática as tarefas que aprendeu brincando de bonecas: dar a mamadeira, pôr para arrotar, trocar a fralda. Camilo, por outro lado, continuou sua vida. Saía na rua e se formou no ensino médio. Então começou a trabalhar. Mas isso foi depois, porque antes, no dia 29 de fevereiro, só podíamos viver o momento, ficar espantados que minha irmã, aos catorze anos, deixasse de ser filha para começar a ser mãe.

Naquele 29 de fevereiro, além disso, a Katty — contra todas as probabilidades — veio me procurar na minha casa. Nós nos cumprimentamos e fomos para os balanços da praça. Caminhamos em silêncio ou falando bobagens. Sentamos nos balanços e balançamos arrastando os pés na areia. A Katty me contou sobre o aniversário da Carola, sobre os cigarros que fumou e sobre os meninos de Santiago que ela conheceu. Ela não me disse e eu não perguntei se tinha beijado alguém. Então disse coisas que me machucaram e eu não entendi. Uma: que na festa a Carola estava beijando um garoto que ninguém conhecia, até que o Mario a levou para dançar e, entre passo e passo, eles se beijaram. Pedi a Katty que não me contasse. É só para você saber, ela respondeu. Minhas mãos ficaram dormentes e eu me levantei para ir embora. Eu não queria estar lá. Eu queria que fosse 1º de março ou 28 de fevereiro. A Katty pegou meu braço. "Não era isso que eu queria falar com você, disse ela. Eu me virei e ela falou de uma só vez: quero que terminemos nossa amizade.. Eu fiquei gelada, as amigas "terminam"?

Achei muito bobo e não sabia o que dizer. Ela não ficou para ouvir uma resposta. Levantou-se do balanço e saiu. Vi suas costas se afastarem e decidi não segui-la. Era 29 de fevereiro, a Terra já havia girado seis horas extras por quatro anos para que isso acontecesse. Não havia como voltar atrás.

Novamente, cheguei em casa chorando. Entrei e encontrei minha irmã na mesma situação, num sofá. Sentei-me com ela e ela me deu um lencinho para secar o rosto. Ela me perguntou se eu estava chorando pelo Mario. Olhei para ela, imóvel. Ela explicou que, no aniversário da Carola, eles tinham jogado verdade ou desafio e que a Katty contou os segredos de outras pessoas para não confessar os dela. Odiei ainda mais o dia 29 de fevereiro. Perguntei-lhe se tinha ouvido falar de uma carta. Minha irmã pensou sobre isso por um momento e então disse que o Mario havia falado sobre um papel rosa que sua cadela havia destroçado no quintal. Ninguém pensou que fosse meu, porque a Carola afirmava ser a autora. Então, por que os meninos riam de mim? Eu disse à minha irmã e ela riu. Ela explicou que eles não estavam rindo de mim, que talvez eles falassem do Pany, que na festa ele havia confessado que gostava de mim. Eu me senti horrível, não sabia como, ao mesmo tempo, tinha atraído um menino com quem mal falava, tinha afastado aquele por quem me sentia atraída e fortalecido o vínculo entre o Mario e a Carola. Descansei a cabeça no ombro da minha irmã. Você vai se mudar pra casa do Camilo?, perguntei. "Sim, mas vamos ser vizinhas", respondeu ela, sorrindo. Eu queria fazer carinho nela, mas não sabia como proceder. Foi ela quem me abraçou. Depois, pegou meu rosto entre as mãos e me avisou: escrever é perigoso, e olhou para o quarto dos meus pais. Ela me deu um beijo e subiu para o seu quarto para arrumar a mala.

As Vira-latas

Lembro-me do refeitório cheio de cocô de pombo. Lembro-me das manchas, eram como a mescla de branco e cinza na paleta de um pintor, mas secas e ficando verde-escuras, fossilizando-se no teto, no chão, nas janelas, na mesa ao lado das nossas marmitas com arroz e ovo ou com feijão com espaguete, aquecidas no único micro-ondas da cantina. Lembro-me de que tudo era cimento ou era terra. Lembro-me do banheiro, com os vasos vomitando litros e litros de água, regurgitando o que alguém havia depositado dias, semanas ou meses atrás. Lembro-me de que era preciso entrar no banheiro prendendo a respiração ou respirando pela boca. Os pés chapinhavam e a gente ficava molhada como em dias chuvosos, quando a Gran Avenida inundava. Ainda inunda assim. Lembro-me de que era preciso pedir papel higiênico ao inspetor no recreio e toda a escola te via conversando com o velho de avental branco, que lhe estendia um pedaço de papel meio marrom, áspero e enrolado, e o que você originalmente pretendia fazer em particular era tornado público. Lembro-me de que a biblioteca estava sempre fechada. A única vez que entramos, roubamos dois livros. Eu, um de Fuguet, porque me lembrava de ter escutado seu nome no rádio, e você, um de Hemingway, sem saber quem ele era. Lembro-me das salas de aula frias no inverno e fedorentas no verão. Das carteiras riscadas, dos vidros quebrados, da lousa rachada.

Lembro-me de você, do seu primeiro dia de aula. Você chegou e não falou com ninguém, só respondeu a quem falou com você. Você se sentou perto das três amigas que engravidaram. Uma depois da outra, em ordem, como se tivessem combinado. Perguntaram-lhe por que você havia mudado de escola. Eu também me perguntei por que você chegava ao curso quase na metade do ano. Ouvi que você deu uma breve explicação — não a que você teria dado à sua melhor amiga, a que você deixou no seu colégio anterior e que, mais tarde, eu substituiria. Você disse que tinha vindo para Santiago com sua mãe e é por isso que tinha mudado de escola. Só isso. Depois eu soube que você nunca quis a mudança, que sua antiga escola era muito mais cara, maior e mais bonita que o honorável Colégio Polivalente Ministro Abdón Cifuentes de La Cisterna. Depois eu soube sobre seus pais, que sua mãe tinha expulsado seu pai porque ela não queria mais ser a esposa-amante do seu ex-marido, que ela procurou um namorado e encontrou um velho gordo que passava os domingos deitado na cama dormindo de bêbado. Eu soube que você tinha uma irmã da mesma idade, filha do seu pai numa família paralela, mas que ela estudava numa escola secundária famosa, enquanto você estudava aqui, com os pombos fazendo cocô no refeitório e no ginásio e nas salas e no banheiro e nas mesas e em nós. O trio de futuras mamães perguntou como se chamava sua antiga escola e arregalou os olhos quando você disse Buin English School College ou algo assim. Perguntaram-lhe se falava inglês e você disse que sim, que sabia rezar, e não sei por que começou a recitar o Pai-Nosso, *Our father, who art in heaven*. E elas com a boca aberta, por causa do riso ou do espanto. Te pediram a Ave-Maria e você obedientemente começou: *Holy Mary, mother of god* e no fim, como uma boa menina, fez o sinal da cruz *In the name of the father and the son and the holy ghost*, amém. Ainda me lembro, ainda sei rezar como você, porque não rezava nem em espanhol, mas ouvindo-a eu quis aprender. Imaginei que deus talvez me ouvisse melhor em inglês, que rezar em outro idioma podia encurtar longas distâncias, talvez fosse um transportador que facilitaria a maneira como eu enviaria a deus minha enorme petição de demandas e reclamações. Rezei muito, mas a ajuda nunca veio. Talvez porque meu inglês nunca tenha sido bom.

No dia seguinte falei com você, falei para almoçarmos juntas, e desde então não nos desgrudamos. Tínhamos coisas em comum. Nossas casas pareciam réplicas. Talvez todas as mães solteiras se pareçam, mergulhem no mesmo absurdo, procurem homens semelhantes. Minha mãe tinha enviuvado do meu pai anos atrás; sua mãe estava separada. Eram duas mulheres abandonadas, mas a minha não tinha namorados aproveitadores. Em vez disso, você dormia com a porta trancada e nos fins de semana você ia para sua avó, porque, com a bebedeira e a festança em sua casa, você não conseguia ler ou fazer a lição de casa. Minha mãe não tinha namorado, mas tinha meu irmão, que era o mesmo, com a diferença de que nem ela nem eu poderíamos expulsá-lo da nossa vida, nunca. Minha mãe era babá, a sua vendia produtos da Avon. Seu pai era caminhoneiro e, como tinha o próprio caminhão, ganhava bem, mas parou de ajudá-las quando sua mãe o expulsou. Foi a vingança dele. Meu pai tinha tido um negócio de frango assado na estação Central, que funcionou até ele ficar doente. A partir daí, tudo foi pro buraco. O câncer não termina se a pessoa morre, continua na forma de dívidas, execuções hipotecárias e na necessidade de viver de caridade dos parentes. Você também morava na casa de outra pessoa quando veio pela primeira vez a Santiago, uma espécie de pombal no qual você nunca me convidou para entrar, apenas me mostrou do lado de fora. Você apontou para o mezanino e disse: esse é o meu quarto, mas quarto não significava dormitório, e sim lar. Depois de um tempo, você se mudou para um apartamento em El Parrón, perto de Santa Rosa, que era pago pelo novo companheiro da sua mãe.

O bom foi que nos juntamos. Ocorreu-lhe que poderíamos fazer a lição de casa para as mais tontas do curso e cobrar-lhes uma nota por cada questão resolvida. Uma vez, cobrei dois mil e quinhentos da Yamna Codela por uma linha do tempo pela qual a maldita nunca me pagou. Ainda me lembro disso, e os dois mil ainda doem. Yamna Cadela, dizíamos mais tarde. Também começamos o cursinho. Você o encontrou e eu te segui. Ficava em Beauchef e as aulas eram ministradas por alunos do primeiro ano de Engenharia, de História e de Literatura. Era da hora ir para a universidade sem ser uma estudante universitária, entrar naquele prédio gigante e milenar vestidas com roupas de rua e brincar que o futuro seria promissor se estudássemos. Era o máximo ir ao parque O'Higgins depois das aulas aos sábados, ouvir as pessoas gritando no parque de diversões Fantasilandia e comer empanadas fritas na entrada do metrô.

Nas tardes de sexta-feira, íamos até sua casa e fazíamos alfajores para vender nos intervalos do cursinho, então tínhamos dinheiro para tomar sorvete e pagar o ônibus se voltássemos muito tarde para San Bernardo, eu, e para San Ramón, você. Terra dos santos da Gran Avenida. Lembro-me de que nos sentávamos para pensar em como espalhar o chocolate dos alfajores. Começamos meio a meio, depois quarenta e sessenta por cento e no fim colocávamos quase um pão inteiro para um tiquinho miserável de chocolate.

Naquela época, você começou a namorar. De todo o curso, você ficou com o mais magrelo e mais bobão, você ficou com o Francisco.

Ele andava com Jonas por toda parte. Eu era colega deles desde o sétimo ano, o parzinho nunca se separava. Pensávamos que eram boiolas e enchíamos o saco deles; mas, quando você apareceu, no quarto ano, e começou a sair com o Francisco, percebemos que eles eram apenas mimadinhos. Além disso, você confirmou a masculinidade dele. Sua mãe tinha saído para um bingo com o namorado, e Francisco foi para sua casa e vocês transaram no seu quarto, deitados no chão. Depois, cada um vestiu a roupa do outro e brincaram de trocar de papéis, você fez um par de bigodes e ele pintou os lábios e as unhas e foi para casa assim, vestido de mulher, mas de táxi, porque ele tinha medo de andar pela Fernández Albano e cruzar com os malandros no caminho. Eu nunca tinha dormido com ninguém porque não tinha onde, e o jogador de basquete que me pegava no cursinho nunca quis me convidar para a casa dele. Então a gente se pegava no metrô ou na grama do parque, e isso era o mais próximo a que eu já tinha chegado da minha primeira vez.

Você começou a namorar, e o ideal teria sido você com o Francisco e eu com o Jonas, mas ele era meio estranho, era um bom amigo, eu gostava muito dele, mas nem tanto a ponto de ter algo mais. Mesmo assim fazíamos muitas coisas. Os namorados e seus melhores amigos, os quatro juntos. Eles nos buscavam no cursinho às vezes e nós íamos andando até a Alameda, vendo aquelas casas enormes da velha Santiago, sonhando em alugar uma delas, porque seríamos amigos para sempre. E brincávamos de nos esconder de Francisco ou de tirar os cadernos da sua mochila e fazer um ponto e escrever em letras enormes DESCULPE-ME PELO PONTO e cantar deitados na grama. Se tivéssemos dinheiro, comíamos cachorro-quente num carrinho do Club Hípico e com o troco íamos a um pebolim que ficava no outro quarteirão. Se estivéssemos duros, que era a maior parte do tempo, entrávamos no supermercado e roubávamos pão e caixas de Vizzio, que pensávamos ser os melhores chocolates que alguém poderia comer no mundo.

Até que Francisco fez aniversário.

Ele completou dezoito anos no mesmo dia em que se completaram dezoito anos do plebiscito pelo NÃO.* Naquela época, a energia sempre era cortada e estouravam bombas por aí, nada grave, mas ainda assim havia comemorações. Francisco queria comemorar o aniversário naquele dia de qualquer maneira e, como seus pais lhe diziam sim para tudo, ele apenas comemorou. Para nós, por outro lado, nossas mães com sobrenomes tão comuns que acabavam sendo anônimas nos diziam não para tudo. Me davam permissão para sair um fim de semana por mês, e com você era a mesma coisa. Tínhamos ido viajar para comemorar o aniversário, então 5 de outubro era muito cedo para uma nova permissão. Eu tentei e você também, mas elas não deixaram. Sua mãe primeiro disse sim, mas na sexta-feira à noite, quando você estava pronta para sair, ela inventou qualquer desculpa para deixá-la em casa. Que você não tinha feito bem a limpeza, que no dia seguinte você tinha que ir ao cursinho, que devia ir à feira no domingo. Essas bobagens. Você não foi e aqui é como aqueles paradoxos temporais, aquelas reviravoltas de filmes em que há viagem no tempo, onde você nunca tem

---

[*] O plebiscito de 5 de outubro de 1988 no Chile marcou a decisão histórica dos chilenos de rejeitar a continuidade da ditadura de Pinochet, abrindo caminho para a transição democrática no país em 1990. (N.E.)

plena certeza de que as coisas poderiam ter sido diferentes se um dos fatores tivesse sido distinto. Então eu nunca saberei se, com sua presença naquela noite, o que aconteceu poderia ter sido evitado.

Você não veio à festa de Francisco, e ele se trancou no banheiro para beber uma garrafa sozinho. Batíamos na porta e ele não abria. Ele chorava, gritava e te chamava, dizendo que só ia abrir para você. Tornou-se um idiota, um bêbado superchato. Ele esperou os pais saírem para começar o show, porque antes tudo estava indo bem, tudo normal. Havia comida excelente, eu me lembro, a mãe dele fez um monte de coisas. Comemos cachorro-quente (com uma maionese caseira divina), alfajores caseiros (os nossos eram melhores, de longe) e muitas bebidas (de marcas boas, nada de Leader ou Tommy Cola). A mãe foi com o pai não sei onde e nos deixaram sozinhos em casa. Então os cabras foram comprar bebida e chegaram com vinho de caixinha, um garrafão de vinho barato e duas garrafas de uma piscola nojenta que já vinha misturada. Eu não bebi, meu irmão teria ficado furioso. Francisco pegou uma das garrafas e se trancou no banheiro. Desequilibrado e mal-educado. Nem liguei, fui para a sala e fiquei lá, com os outros. Yamna, aquela que nunca me deu o dinheiro, colocou Ricardo Montaner para tocar. Era uma garotinha e ouvia aquele velho asqueroso. Você se lembra que ela colava fotos dele nos cadernos? Bem, ela pôs uma música e começou a dançar sozinha no meio da sala, e no fim acabamos dançando e gritando NO ÚLTIMO LUGAR DO MUNDO, DEPOIS DA CORDILHEIRA. Enquanto Francisco ainda estava no banheiro e parecia que ninguém o tiraria do seu ataque exagerado de decepção amorosa.

Por volta das três da manhã, a luz acabou. No começo ninguém ligou, era até divertido, mas depois de um tempo foi estranho e as pessoas começaram a ir embora. Fiquei só com Jonas. Com uma lanterna, fomos tirar Francisco do banheiro. O lugar exalava um cheiro tóxico, que eu só senti uma vez antes, quando meu irmão chegou bêbado com um amigo em casa. Meu irmão estava mal, mas o amigo dele, pior. Nós o deitamos na banheira para o caso de ele vomitar e ele ficou lá, pálido, dormindo, inconsciente ou morto, sei lá, e ele tinha esse cheiro, como haxixe, se é que o haxixe cheira a algo (quando dizem haxixe, imagino esse cheiro), um aroma ácido e pungente, como maconha filtrada por álcool num processo de evaporação ou destilação, que acontece unicamente dentro do corpo.

Resgatamos Francisco e o jogamos na cama dos pais. Jonas também estava bêbado, mas não tanto quanto Francisco. Nós três nos deitamos, Jonas no meio, Francisco de um lado e eu do outro. O que aconteceu a seguir é confuso. Talvez eu devesse ter ido para o outro quarto, talvez eu devesse ter posto Jonas em outro lugar, talvez você devesse ter vindo para a festa e a coisa confusa agora estaria clara.

Estamos deitados, e eu sinto que eles estão se mexendo, a cama está se movimentando, e eu os ouço gemendo e escuto o estalo das suas bocas, e percebo que eles estão se pegando. Lembro-me de que os chamávamos de bichas no colégio. Não sei se é a primeira vez que eles se beijam ou não. O que devo fazer? Estou paralisada, eles estão do meu lado e sinto a cama se mexer e não os vejo, mas sei perfeitamente o que eles estão fazendo. Imagino seus pênis tocando um no outro, acho que é assim que os homens se pegam. Penso em você, penso no meu irmão, que se os visse, pegaria um pau e bateria nos dois. Por que a mãe não aparece e vê o par de nojentos? Eu gostaria que o pai do Francisco viesse e os tirasse a pauladas. Eu penso em você, onde você está, por que você não veio, se você estivesse aqui, nada disso estaria acontecendo. Começo a rezar, em inglês e espanhol, para adormecer. Deus, me faça dormir, *plis*. Eu não me importo com eles, me faça dormir, me tire daqui. Eles continuam se mexendo. Fecho os olhos, aperto-os com força, tapo os ouvidos e desejo de todo o coração me desligar completamente, tal como a luz em todo o bairro. Depois não me lembro de mais nada.

    Adormeci, graças a deus ou aos nervos. Talvez eu tenha perdido a consciência do puro impacto, não sei. No dia seguinte, acordei e os vi dormindo na mesma posição em que os deitei. Peguei minhas coisas e fui embora. O portão estava fechado, eu o pulei porque não queria acordar ninguém. Quando estava indo para casa, no ônibus, tudo o que eu pensava era em você, em como eu ia te contar. Tentava esclarecer minhas memórias, fazer perguntas a mim mesma para ter certeza de que eu não tinha tido nenhuma miragem, que era real, que eu estava sóbria. Senti minha boca salgada. Dei o sinal muito antes de chegar em casa, em Los Morros, desci, apoiei-me na lixeira da parada de ônibus e vomitei.

*

    Na segunda-feira seguinte, não encontrei tempo para falar com você. Jonas e Francisco ainda eram os mesmos, tocando violão e mascando chicletes sentados no corredor. Francisco te abraçava e o Jonas brincava com você, como se o aniversário não tivesse sido nada de mais. Olhei para eles e não conseguia pensar em nada além dos seus pênis se tocando e do cheiro de maconha com álcool que saía da boca deles.

*

O resto do ano se tornou eterno para mim. Toda vez que estávamos sozinhas, eu pensava no aniversário do Francisco. Eu sabia que tinha de lhe contar, mas não conseguia achar o momento certo. Sentia que ia lhe causar um mal desnecessário. Então esqueci. Ou fingi esquecer.

*

Dezembro chegou e fizemos o vestibular tanto com confiança quanto medo. Se em algo nossas mães eram parecidas, era na pressão com que nos criaram. Você em Buin e eu em San Bernardo, crescemos separadas e ainda assim a distância adormecíamos ouvindo as mesmas histórias de terror: que se não estudássemos teríamos a vida tão difícil quanto nossos pais e que não ir para a universidade seria a pior desonra para a família.

No dia em que saíram os resultados, fomos juntas até a sala do professor de Informática, porque nenhuma das duas tinha internet em casa. O professor nos disse que estava revisando as pontuações do curso e que as nossas foram as únicas que se salvaram. Lembro que não nos saímos mal, mas estávamos muito longe da classificação nacional. O professor comprou o jornal e vimos uma notícia que dizia que nossa pontuação correspondia à de uma menina que morava em Ñuñoa, filha de profissionais com salários acima de um milhão de pesos. Eu nunca entendi o que o teste media, o que esses pontos realmente refletiam.

Meu irmão tinha me dito para estudar Engenharia Comercial e eu me candidatei a isso, na Universidade Tecnológica Metropolitana. Você queria estudar Literatura ou Teatro e sua pontuação só dava para estudar em Valparaíso. Você pediu o telefone ao professor e fomos até o corredor para ligar para sua mãe. Você perguntou se ela podia ajudá-la a ir e eu ouvi a resposta porque ela gritou, onde já se viu, com que dinheiro, liga pro seu pai, a lindona quer ir pra Valparaíso. Você desligou e sentou-se no chão, segurando a cabeça com as mãos. Então eu senti que tinha que falar sobre Francisco. Sempre vou me lembrar do seu rosto naquele momento. Eu te contei e você se manteve em silêncio e imóvel. Quando você reagiu, eu pensei que ia desmaiar ou começar a chorar escandalosamente. Você abriu a boca e disse que estava indo para Valpo, que ia trabalhar lá, que lá você veria como ia fazer. Fiquei com pena, mas não surpresa. Você sempre esteve em outro lugar, desde o dia em que chegou à escola, nunca esteve de verdade aqui.

*

Você trabalhou durante todo o verão na praça Vespucio, de segunda a sábado, para juntar dinheiro. Consegui um trampo de empacotadora num supermercado de Santa Rosa. Às vezes, ia ao orelhão e ligava para você. Você nunca podia me ver, sempre tinha algo para fazer em casa ou no trabalho. Nós nos encontramos uma semana antes da sua viagem, no fim de fevereiro. Tomamos sorvete no McDonald's do ponto 18 e você me disse que estava pronta para ir ao porto. Foi essa palavra que você usou, "o porto". Você tinha alugado um quarto de pensão e já tinha emprego de garçonete num restaurante local. Eu disse que estava matriculada na faculdade, e depois disso não conversamos muito mais. Você me respondia em monossílabos e olhava pela janela. O sorvete derretia na sua mão. Fomos até o ponto do seu ônibus. Nós nos despedimos e eu te abracei forte. Você não me apertou tanto e isso me machucou. Foi um prenúncio. Antes de entrar no ônibus, você me disse que tinha terminado com Francisco. Assenti com a cabeça e não tive que perguntar o porquê.

*

Você me ligou no fim do semestre. Eu tinha reprovado na metade das disciplinas, mas tive vergonha de confessar. Eu disse que estava feliz, forçando-me a sorrir ao telefone. Você me disse que estava saindo da universidade e indo para a Argentina com seu pai, que havia largado da sua outra esposa e estava indo como motorista de caminhão para os pampas. "Pedi-lhe apenas um teto", você disse, e nunca tinha soado tão órfã para mim. Eu acho que você foi para a Argentina, porque nunca mais soube de você. Até a semana passada.

Fui à loja do persa da Franklin para comprar panelas e sua mãe me atendeu. Entrei e ela me reconheceu na hora, eu não a reconheci. Ela me cumprimentou gritando meu nome e eu sorri muito, para ser gentil. Quando a reconheci, me assustei, foi como me encontrar com meu pai morto. Talvez, se um dia o fantasma do meu pai aparecer para mim, é assim que eu me sinta. Ela me disse que fez uma cirurgia. Pegou minha mão e a pôs no vazio onde antes havia seu seio esquerdo. Perguntei-lhe sobre você e ela me disse que a última vez que te viu foi quando você saiu de Valparaíso e passou na casa dela para pegar suas coisas e ir definitivamente para a Argentina. Ela disse que você ligava nos aniversários e Dia das Mães, mas que ela nunca mais te viu. Ela me disse que você terminou de estudar, que trabalha dando aulas e que tinha um namorado gringo com o qual você iria para a Europa. "Agora, sim, que eu não vou mais vê-la", sua mãe disse. Ela permaneceu em silêncio e, para dizer qualquer coisa, me perguntou como eu estava, como os garotos estavam. Eu disse que bem, que nos víamos às vezes. Não lhe disse que Francisco tinha se juntado aos gendarmes** e que Jonas trabalhava como caixa, que eu tinha apagado os dois e todo o ponto 20 da minha mente, que preferia meus amigos da faculdade e que já não falava da Gran Avenida, que me concentrava em viver meu presente no centro de Santiago, no meu novo apartamento, para o qual estava comprando panelas.

Sua mãe voltou a falar de você, ela disse que no cibercafé tinha visto algumas fotos suas e que você estava tão bonita. Ela pediu que eu ligasse para você, ela apostou que, se eu te procurasse, talvez você se dignasse a atravessar a cordilheira para visitar aqueles que você havia abandonado. Ela me fez prometer que eu ia te escrever, que eu ia te procurar. Ela pediu meu telefone e disse que ia me ligar para me enviar seus dados.

O número de telefone para o qual eu liguei estava errado e o e-mail que eu escrevi voltou. Entrei em contato com sua mãe de novo para confirmar a informação, ela disse que ia me ligar de volta, mas não o fez. Em vez de enviar outro e-mail para nada, fui na página de uma companhia aérea e comprei uma passagem para Buenos Aires. Não sei por que, nunca fui impulsiva. Cheguei à universidade onde sua mãe disse que você trabalhava e perguntei por você. Disse que era uma prima chilena que estava visitando de surpresa e foi fácil conseguir seu endereço. Foi assim que cheguei ao seu apartamento.

É por isso que estou aqui agora, no terceiro andar do seu prédio, em frente ao número 36. Toco a campainha. O que

---

[**] Pessoa pertencente a um tipo de entidade de segurança pública. (N.E.)

mais vou fazer, se já estou aqui? Sinto alguns passos se aproximando da porta. Seus passos, eu acho. A maçaneta se movimenta. Fecho os olhos e respiro fundo pela última vez, imaginando o seu rosto ou a primeira palavra que você vai dizer quando abrir a porta e me vir de pé do outro lado do umbral.

Este livro foi editado pela Bazar do Tempo
na cidade de São Sebastião do Rio de Janeiro
em maio de 2024 e impresso em papel
Polén Natural 80 g/m² pela gráfica Leograf.
Ele foi composto com as tipografias
Lygia Regular e Field Gothic.